KB045836

저, 여행자인지라.

I'm a traveler.

재의 마녀 일레이나

마법사 최고위인 「마녀」의
칭호를 가진 소녀.
광대한 세계를 떠돌아다니며
혼자 여행을 만끽하는 중.

©Azure

사리오

특종 사진을 노리는

마도사 여성.

루틸

수수께끼의 부호가 데리고 다니는

결코 웃지 않는 소녀.

©Azure

에머리

다크 엘프.
어떤 목적을 위해
여행을 하고
있다.

헨릭

잘생긴 퇴마사 청년.
다양한 도구를 사용하여
악마를 퇴치한다.

기분 좋은 듯이 우는 작은 생명체는 고롱고롱 목을 울리고 있었습니다. 동글동글 통통하지만 않으면 정말로 평범한 고양이 같습니다.

털 결이 아주 좋군요……

냐아앙

©Azur

한눈팔면 위험하답니다.

나는 언니의 소매를 잡아끌며.
길을 나아갔답니다.

제법 분위기 있는 거리네.

©Azure

마녀의 여행 12
THE JOURNEY OF ELAINA

CONTENTS

◆・・・・・・・・・・・・・・・・・・・・◆

마녀의 여행

THE JOURNEY OF ELAINA

12

Shiraishi Jougi
시라이시 죠우기

Illustration
아즈루

커버 및 본문 일러스트 아즈루

그녀는 책장을 넘겼습니다.

머리카락은 잿빛. 눈동자는 유리색. 검은 삼각 모자를 쓰고 검은 로브를 걸친 그녀의 가슴께에는 별을 본뜬 브로치가 하나. 마법사 최고위, 마녀라는 것을 나타내는 브로치입니다.

그녀는 마녀이자, 또 여행자이기도 했습니다.

아침에 일어나는 시간도 자유. 자는 시간도 자유. 나라에서 나라로 마음 내키는 대로 오가며 그녀는 매일을 보냈습니다.

오늘도 그런 자유로운 하루가 막 시작되었습니다.

"…………."

찻집 테라스 석.

그녀는 책에서 시선을 들고 문득 주변을 둘러보았습니다.

아직 거리는 잠에서 막 깨어난 참일까요? 떠오르기 시작한 햇볕 아래, 길을 오가는 사람들 수는 드문드문했고, 고요하고 따뜻한 공기가 흐를 뿐이었습니다.

귀를 기울여보니 근처 자리에 종업원이 찻잔을 내려놓는 소리가 울렸습니다. 뒤늦게 커피 향이 희미하게 그녀의 주변을 스쳐갔습니다. 그녀는 마침 그때 자신의 커피가 완전히 식었고, 잔 안에 거의 남아 있지 않다는 사실을 떠올렸습니다.

이런이런 하고 생각하며 그녀는 남은 커피를 전부 비우고 종업원을 불러 커피를 한 잔 더 주문했습니다.

그러고서 그녀는 다시 시선을 떨어뜨리고, 이어지는 이야기를 읽기 시작했습니다.

모처럼 낯선 나라에 왔으니 이 나라에서만 맛볼 수 있는 요리를 즐겨줘야 하는지도 모르고, 관광 명소를 정신없이 돌아야만 하는지도 모릅니다.

그러나 그녀는 시계를 힐끗 보고, 책을 다 읽을 때까지 찻집에 자리 잡고 있기로 했습니다.

어차피 오늘도 내일도 여행은 계속될 테니, 시간은 아직 많이 있으니, 관광 명소를 도는 것도 특별한 음식을 맛보는 것도 나중으로 미뤄도 괜찮습니다.

그녀는 지금은 그저 눈앞의 이야기에 몰두하고 싶었던 것입니다.

그나저나.

그런 식으로 아침부터 느긋하게 독서를 만끽하고 있는 여행자 마녀는 대체 누구일까요?

그렇습니다. 저입니다.

그리고 저는 계속해서, 이야기를 찾아, 책장을 넘겼습니다.

제 2 장

숲에 연기가 피어오를 때 생각할 수 있는 것은 두 가지입니다.

하나는 화재의 전조. 또 하나는 상인 집단이 식사 준비를 하고 있을 뿐.

오늘 발길 닿는 대로 찾아간 곳에 있던 것은 후자였습니다.

그곳에는 많은 마차와 사람의 모습이 있었습니다.

야영 준비를 하고 있는지, 마차 옆에서는 텐트를 세우는 사람의 모습이 있었고, 혹은 식량을 나르고 조리하는 사람의 모습이 있었고, 그리고 총을 들고 주변을 경계하는 사람의 모습이 있었습니다――대체 얼마나 대규모 집단인 것일까요? 텐트는 보이는 범위만 해도 십수 개 늘어서 있었고, 사람 수는 그 배 가까운 듯 보였습니다.

"…………."

보면 볼수록 그들의 모습은 삼엄하고 수상하기 그지없었습니다.

모두 예외 없이 입가를 천으로 가리고, 눈에는 두꺼운 안경을 쓰고, 옷은 똑같이 긴 소매에 피부가 거의 드러나 있지 않았습니다. 남성도 여성도 같은 차림으로, 마치 똑같은 사람이 여럿 늘어서 있는 것처럼 보이지 않는 것도 아니었습니다.

어쩐지 그것은 매우 기묘한 무리로 보였고, 그래서 저는 야영지 앞에서 잠시 고개를 갸웃거리기에 이르렀습니다.

야영지를 순찰하던 한 사람이 저를 눈치챈 것은 그러던 때였습니다.

"여행자인가."

남자 목소리였습니다.

"이 일대는 위험하다. 지나치게 접근하지 않는 편이 좋다."

어머나.

"뭔가 위험한 거라도 있는 겁니까?"

"우리가 있다."

과연, 아무래도 삼엄한 것은 겉모습만이 아닌가 봅니다.

"딱히 숲 한복판에 꼭 들러야만 하는 이유 같은 것도 없으니, 이대로 물러나도 상관없습니다만——."

저는 그의 뒤로 보이는 마차들 쪽으로 시선을 돌렸습니다.

"당신들은 무얼 운반하는 연대입니까?"

제 시선을 따라가듯, 그는 뒤를 돌아보았습니다.

마침 마차에서는 **화물**이 내려지는 중이었습니다.

어떤 마차에서는 하나, 또 하나, 화물은 자신의 발로 마차에서 내렸습니다. 비틀비틀한 걸음걸이로, 양손을 밧줄로 묶인 채. 마치 죽은 것처럼 공허한 얼굴로, 내리고 있었습니다.

어떤 마차에서는 들것에 실려 나오고 있었습니다.

공허한 얼굴이 허공을 바라보고 있습니다.

똑같은 표정만이 그곳에는 있었습니다.

그는 그 광경을 잠시 바라보다가 이쪽을 다시 돌아보았습니다.

"본 적 있으려나? 다크 엘프다."

그리고 그는 자신을 다크 엘프 사냥꾼이라고 소개했습니다.

○

엘프라는 종족에 관해 제가 아는 것은 그리 많지 않습니다.

금발에 푸른 눈동자, 귀가 조금 길고, 남녀 관계없이 매력적이며 단정한 생김새를 하고 있고, 불로장생 혹은 그에 가까운 존재이며 수명은 수백 년 가까이 된다든가 더 된다든가. 그런 형편 좋고 매력적으로 보이는 특징을 가진 종족을 엘프라고 부르며, 그들은 주로 외딴 숲속에서 살고 있다고 합니다.

한편 다크 엘프라고 하면 엘프의 아종(亞種) 내지 가까운 종으로 알려져 있습니다.

머리카락은 은색에 눈동자는 금색. 귀는 역시 길고, 피부는 까무잡잡. 엘프와 쌍을 이룬 듯한 색의 그들은 그 모습 이외에는 엘프와 그다지 차이가 없으며, 숲에 살고 있고 장수한다고들 합니다.

유일하게 엘프와 크게 다른 부분이 있다고 한다면, 그들이 엘프에 비해 박해의 고통에 처하기 쉽다는 점일까요? 어째서인지 사람들 사이에서는 다크 엘프가 악당이라는 인식이 뿌리 깊게 박혀 있는 듯한 느낌입니다.

저는 지금까지의 인생 중에 몇 번이나 이 다크 엘프라는 종족과 마주친 적이 있습니다만, 처음 본 그 당시에는 이미 다크 엘프라는 종족이 그러한 특징을 가지고 있다는 것을 이해했습니다.

신기한 일입니다.

당시에는 아직, 갓 다섯 살이 되었을 뿐이었는데.

"자, 일레이나. 엄마랑 손잡고 가자."

제가 처음 다크 엘프와 만난 그날은 마침 제 고향에서 작은 행사가 열리고 있었습니다.

길을 오가는 것은 책을 안은 사람과 사람과 사람뿐. 마을 광장으로 이어지는 길에 죽 늘어선 것은 즉석으로 설치된 텐트들. 그곳에서 난무하는 것은 저 책의 전개가 좋다든가, 이 책에는 깜짝 놀랐다든가, 아무개도 이 책을 읽고 감동 받았다든가, 이 책은 재미있으니 꼭 사달라든가.

애서가에 의한 애서가를 위한 축제가 열리고 있었습니다.

저는 엄마 손을 잡고서 그 행사에 참가했습니다.

"엄마."

당시의 저는 엄마를 올려다보며 물었습니다.

"니케 책은 어디에 있어? 안 보여."

"응? 니케의 책?"

엄마는 미묘한 반응을 보였습니다.

"……이미 갖고 있잖니?"

"더 갖고 싶어."

"어머나, 어째서?"

"보존용이랑 포교용이랑 감상용."

"그런 말은 어디서 배웠니?"

어깨를 으쓱이며 웃음을 터뜨린 엄마는 똑같은 책만 읽는 저를 보며 어이없다는 듯이 미소 지었습니다. 그리고 "더 다양한 책을 읽으렴" 하고 길에 늘어선 책을 적극적으로 손에 들고 차례차례

사서 등에 멘 가방에 던져넣어 주었습니다.

니케의 책을 갖고 싶다고 말했지만 결국 당시의 저는 새 책의 무게가 어깨에 더해질 때마다 행복함으로 충만해졌습니다.

단순하군요.

"또 갖고 싶은 게 있니? 일레이나."

"니케의 모험담."

"응그거빼고."

"에이. 그럼——."

대화는 끊어지지 않고 오갔고, 약간의 피로와 넘치는 행복감에 감싸이며 저는 엄마와 손을 잡고 계속해서 1년에 한 번 축제가 열리는 길을 걸었습니다.

그때였습니다.

"——아."

제 시선은 한 점에 멈추었습니다.

작은 목소리가 흘러나왔습니다.

길을 오가는 사람과 사람 무리. 그 너머에 민가 벽에 등을 기대고서 열심히 책을 읽고 있는 한 여성이 있었습니다. 후드를 깊게 눌러 썼지만, 당시의 제 키가 작았기 때문일까요—— 그 아름다운 얼굴은 분명하게 보였습니다.

지금도 여전히 그녀의 모습을 잘 기억하고 있는 것은, 분명 그녀가 넋을 잃고 볼 만큼 아름다운 사람이었기 때문일 테지요. 혹은, 그녀의 후드 안쪽에 평범한 인간과는 다른 부분이 감춰져 있었기 때문일지도 모릅니다.

"……?"

제 시선을 눈치챈 그녀는 책에서 고개를 들었습니다.

금색 눈동자가 저를 내려다보았습니다. 후드 아래의 긴 귀가 그 순간 움찔하고 흔들렸습니다.

그곳에는, 다크 엘프가 있었습니다.

"…………."

태어나서 처음 본 다크 엘프는 의외로 평범하게 거리에 녹아들어 있었고, 저는 놀랐던 것을 기억하고 있습니다. 다크 엘프라고 하면 외딴 숲속에서 산다고 책에서 읽은 적이 있었기 때문입니다.

그러나 역시 그다지 주목을 받는 것은 좋아하지 않는가 봅니다── 저와 눈이 마주친 순간 그녀는 읽고 있던 책을 탁 덮고, 그리고 자신의 검지를 입술에 가져다 댔습니다.

입을 다물라는 것이었습니다.

그녀의 존재를 누구에게도 말하지 않도록, 저에게 약속하게 했던 것입니다. 분명 주목을 모으는 것을 싫어한 것일 테지요.

혹은, 제 고향에서도 다크 엘프는 미움받는 자였는지도 모릅니다.

그래서 저는 그녀에게 고개를 끄덕여 보였습니다.

"일레이나, 왜 그러니?"

갑자기 걸음을 멈추고 멍하니 있는 저를 보며 엄마는 고개를 갸웃거렸습니다.

제 시선을 따라서, 민가 벽 쪽으로 시선을 던진 엄마는 한층 더 의아하게 여겼을 테지요. 그곳에는 다크 엘프는커녕 사람 그림자도 이미 없었으니까요.

다크 엘프는 어느샌가 사라지고 없었습니다.

처음부터 그곳에는 존재하지 않았던 것처럼, 한순간의 환상처럼, 꿈처럼 사라지고 말았던 것입니다.

저는 분명 지금 본 것을 이야기해도 믿어주지 않을 거라고 생각했습니다.

그래서 저는 고개를 가로저으며 엄마의 손을 맞잡았습니다.

"아니, 아무것도 아냐."

그리고 다시 걸음을 옮겼습니다.

○

어린 시절의 기억이 확실하다면, 제가 다크 엘프와 만난 것은 다섯 살 무렵이 처음인 셈이 됩니다.

두 번째는 지금으로부터 한 달 정도 전의 일입니다.

그날, 제가 여행 중에 방문한 곳은 마을 중앙에서 아름다운 분수를 볼 수 있는 곳이었습니다.

하늘로 뻗어 올라가는 물기둥이 상공에서 꽃잎처럼 퍼지며 피고, 집니다. 팔랑팔랑 구슬이 되어 흩어지는 물방울들은 물이 고인 곳으로 떨어지고 수면을 흔듭니다.

이 분수 광장은 아무래도 만남의 장소로써 날짜도 요일도 관계없이 자주 이용되고 있는 모양이었습니다. 제가 그 나라를 방문한 날은 공교롭게도 날도 흐리고 시간도 평일 낮이었지만. 역시 쏟아지는 분수 앞에는 사람과 사람이 약속한 사람을 기다리고 있었습니다.

"여어, 허니!" "기다렸어, 달링! 그럼 갈까?" 그것은 예를 들자면 한눈에 봐도 들뜬 남성과 여성의 모습이거나.

"약속한 물건은 가져왔겠지?" "헤헤헤. 물론이지, 형씨……." 혹은 조금 수상한 분위기를 자아내는 남자들이거나.

"진짜?" "웃긴다!" "귀여워!" 혹은 어디에 가지도 않고 그 자리에 머물며 수다를 떨고, 심지어 대화의 방향조차 알 수 없는 여자아이들이거나.

그런 광경이 매우 평범하게 펼쳐지고 있었습니다.

하지만 이 분수는 단순한 약속 장소와는 다른 면도 갖고 있는가 봅니다.

다른 목적으로 이곳을 방문한 자의 모습도 보였던 것입니다.

"……부디 남편의 병이 나을 수 있기를."

풍당, 수면에 동전이 던져졌습니다. 기도의 말과 함께.

"사랑을 이룰 수 있기를." "행방불명된 친구를 찾을 수 있기를." "부자가 될 수 있기를."

한 사람, 또 한 사람. 한동안 멀리서 분수를 관찰하고 눈치챘습니다만, 때때로 분수에는 그러한 바람과 함께 동전을 던지는 분이 나타났습니다.

다양한 사람이 기도를 올렸습니다. 남성, 여성, 노인, 아이를 가리지 않고 여러 사람이 분수에 바람과 함께 동전을 던져 넣었습니다.

"부디──수 있기를."

그중에는 유소년기에 만난 다크 엘프 씨처럼 후드를 깊게 눌러 쓴 수상한 여성의 모습도 있었습니다.

그들은 대체 무얼 하고 있는 것일까요?

"──어라? 분수에 얽힌 이야기를 모르시나요?"

무지한 제 의문에 답해준 것은 분수 바로 앞에 자리한 숙소의 주인이었습니다. 불쑥 방문한 저를 "저희 가게는 이 나라에서 가장 운이 좋은 숙소입니다"라는 무슨 말을 하고 싶은 것인지 잘 알 수 없는 인사와 함께 맞아준 숙소 주인에게 "저 분수에 동전을 넣으면 뭔가 좋은 일이라도 생기는 겁니까?" 하고 물어본바, 그러한 말이 돌아왔습니다.

이야기.

"그게 뭔가요?"

"어라? 정말로 모르시는 거군요. 요즘 보기 힘든──."

"애석하게도 여행자인지라."

소문이나 그 나라의 독자적인 전승에는 어두운 편입니다.

숙소 주인은 "과연" 하고 납득하더니,

"저쪽 분수는 행운의 분수라고 불리는데, 동전을 던져 넣으면 소원이 이뤄진다는 말이 있답니다──."

아무래도 이러한 질문에는 익숙한지, 이어서 준비한 원고를 소리 내 읽는 것처럼 멋들어지게 분수에 얽힌 전설을 이야기해주었습니다.

그것은 수십 년 전, 아직 이 나라가 이웃 나라와 전쟁을 하고 있을 무렵의 이야기.

어느 여성이 병사로서 전장으로 향한 연인의 안전을 바라며 분수에 동전을 던져 넣고 기도를 올렸습니다. 매일, 매일. 여성은 수도 없이 분수를 찾아와 동전을 던져 넣었습니다. 아무리 나라가 황폐해져도, 생활에 여유가 없어져도, 남성의 안전을 바라며 그녀는 매일 동전을 던지고는 기도했습니다.

동전을 도둑질당해도, 분수에서 물이 나오지 않게 되었어도, 그녀는 동전을 계속해서 던졌습니다.

그녀의 습관은 주변 사람들에게 이질적으로 보였고, 이윽고 한 마을 주민은 그녀의 어깨를 두드렸습니다.

"당신, 그렇게 돈이 많으면 나나 줘."

당시는 물자에도 여유가 없어 모두가 주머니 사정이 어렵던 시절. 그녀의 행동은 옆에서 보면 그저 낭비일 뿐이었습니다.

그녀 자신이 자신의 생활비를 아슬아슬한 수준까지 아껴가며 분수에 다니고 있다는 사실은 아무도 몰랐던 것입니다. 타인에게 줄 돈 같은 건 사실 그녀도 없었습니다.

"네, 물론이죠. 상관없어요."

그러나 그녀는 어깨를 친 남성에게 돈을 주었습니다.

그다음 날도, 또 그다음 날도, 그녀가 분수를 찾을 때마다 남자나 그 친구, 혹은 가족이 모여들어서는 염치없이 돈을 요구하게 되었습니다.

누군가가 옷을 원하면 옷을 가져다주었습니다. 누군가가 빵을 원하면 빵을 주었습니다. 약을 원하는 자가 있으면 약을 나누어주었습니다. 그녀는 너무나도 많은 것을, 무상으로 마을 사람들에게 나누어주었습니다.

"어째서 이렇게나 많은 것을 나누어주시는 겁니까?"

어느 날, 평소처럼 분수에 동전을 던지러 온 그녀에게 한 주민이 물었습니다.

대체 그러한 행동에 무슨 보답이 있다는 것일까요?

그녀는 대답했습니다.

"저는 연인과—— 그와 다시 만날 수만 있으면 돼요. 다른 건 아무것도 필요 없어요."

미소를 머금고서 대답했습니다.

"제가 올린 기도도, 누군가에게 베푼 은혜도, 돌고 돌아 분명 언젠가 제게 축복을 가져다주리라고 믿고 있어요."

그녀는 그 후로도 매일, 계속 기도했습니다. 자비의 마음으로 마을 사람들에게 희망을 나누어주며, 기도하고 기도했습니다.

연인이 돌아오는 그 날까지, 쭉.

"——그런 이야기의 무대가 된 것이 저 분수랍니다."

끝. 하고 이야기를 마친 숙소 주인. 해냈다는 느낌의 만족스러운 표정으로 "어떠셨나요?" 하고 제게 질문을 한 번.

어떠셨나요? 라고 말씀하신들.

"어쩐지 변변찮은 이야기였습니다……."

결국 마을 주민은 여성에게 물건과 돈을 염치없이 요구했을 뿐이고, 여성은 여성대로 망가진 것처럼 첨벙첨벙 쏟아붓고 있고.

제멋대로 해석해서 미담으로 만들어버린 것 같습니다만.

"무슨 말씀입니까! 이 여성 덕분에 많은 사람이 도움을 받았단 말입니다. 마을 주민은 그 여성 덕분에 살아갈 활력을 얻고, 전장의 후방 지원에 나설 수 있게 되었어요. 그녀에게 구원받은 한 남성은 그 후 전장에서 그녀의 연인을 구한다고 하는 뜨거운 전개까지 있다니까요."

"네에……."

저는 이쯤에서 패기 없는 한숨을 내쉬었습니다.

"그런데 그 이야기는 어디까지가 실화입니까?"

들으면 들을수록 지어낸 티가 난다고 할까, 지나치게 순수하고 깨끗하다고 할까, 단적으로 말하자면 실화와는 거리가 먼, 창작물 같은 느낌이 들었습니다. 그래서 살짝 짓궂은 질문을 던져보았습니다.

깨끗한 것은 더럽히고 싶어지는 추한 인간. 그렇습니다. 저입니다.

"하하핫. 무슨 말씀이세요."

숙소 주인은 쾌활하게 웃었습니다.

"전부 픽션이에요."

전부 픽션이라고 합니다.

………….

응?

"픽션입니까?"

"당연하죠. 우리나라가 전쟁을 벌였던 건 사실이지만, 분수에 매일 동전을 던져 넣는 그런 이상한 여성이 있었다면 진즉에 못 된 놈들에게 붙들려서 이용당했을 거예요. 당시의 기록을 봐도 그런 여성은 실재하지 않았고요."

"아……."

"실제로 방금 그 이야기는 어디 사는 이름 모를 작가가 저 분수를 모티브로 해서 쓴 이야기래요. 여성이 분수에 동전을 던져 넣은 것이 계기가 되어 마을의 많은 사람이 은혜를 입고, 그녀의 곁으로 연인이 돌아온다. 그런 사소한 일들이 이어져 커다란 결과를 불러온다는 전개가 먹힌 모양이에요."

"그리고 최종적으로는 숙소 주인이 그 덕을 보는 겁니까?"

"그야말로 사소한 일이죠."

과연, 이 나라에서 가장 운이 좋은 숙소라는 것은 확실히 사실인가 봅니다.

"그래서 4박 요금은 얼마 정도나 합니까?"

체크인 용지를 점원분에게 건네면서 지갑 안을 힐끔 들여다보았습니다. 지갑 안에는 금화 한 닢과 약간의 은화가. 넉넉하군요.

숙소 주인은 답했습니다.

"4박이면 금화 한 닢이에요."

전혀 넉넉하지 않습니다.

"…………."

저는 지그시 눈을 가늘게 뜨며 숙소 주인을 바라보았습니다.

"여기가 덕을 보고 있는 행운의 숙소라면 조금 더 가격을 낮춰도 문제없을 테지요……?"

그러나 숙소 주인은 쾌활하게 웃었습니다.

"하하핫. 손님. 행운에는 상응하는 대가를 치르지 않으면 곤란하죠."

결국, 마지못해 금화를 낭비한 저는 그 후 관광에 나섰습니다.

이 나라는 관광 명소라고 불릴 만한 곳이 예의 그 분수 외에도 몇 군데 있었습니다. 예를 들어 마을의 수로로 향하면 다채로운 거리의 풍경을 보며 유람을 할 수 있고, 미술관이나 박물관과 극장이 늘어서 있거나, 유명 작가를 기념하는 가게가 즐비하거나. 그 외에도 아름답다고 할 만한 것들이 셀 수도 없을 만큼 많은 곳이었습니다.

걸으면 걸을수록 이 마을에 푹 빠지리라는 것은 명백했습니다. 아마도 이 나라에서의 4박 5일 정도는 순식간에 지나가 버릴 테지요.

첫날인 오늘은 마을의 수로로 향했습니다.

향했다, 라기보다는 마을의 절반 가까운 길이 수로였습니다만.

수로에서 보는 풍경은 마치 거리의 큰길이 그대로 흐르는 물로 바뀌어버린 것처럼 신비롭고 아름다웠습니다.

파랑, 주황, 노랑, 초록. 형형색색의 민가 바로 옆을 자그마한 곤돌라를 타고 지나갑니다.

"뭐, 저는 마을 소개의 프로니까, 마음 든든한 큰 배에 탄 마음으로 편하게 즐기세요!"

그런 말을 하면서 작은 배를 젓는 것은 여성 뱃사공이었습니다.

그녀는 과장된 몸짓을 섞어가며 마을을 소개해주었습니다.

"자, 마녀님. 왼쪽을 봐주세요! 저기가 이 마을의 명물, 소원이 이루어지는 분수입니다."

수로에서도 예의 그 분수가 하늘을 향해서 물을 뿜어내는 모습이 보였습니다. 마치 이쪽으로도 쏟아질 것만 같은 장관이었습니다. 일단 "와아" 하고 저는 손뼉을 쳐두었습니다.

"…………."

손뼉을 치는 사이에, 조금 전 분수 앞에서 보았던 후드를 깊게 눌러쓴 여성이 남성과 행복하게 손을 잡고 걷고 있는 모습이 보였습니다. 어떤 소원을 빌었는지는 알 수 없지만──소원이 이뤄진 것일까요?

뱃사공은 다시 노를 저으며,

"자, 그럼 오른쪽을 봐주세요!"

그렇게 안내했습니다.

"저쪽에 보이는 것이 이 마을의 도서관! 저기에 있는 것만으로도 왠지 인텔리전스한 분위기를 자아낼 수 있는 곳입니다."

"설명이 엉성하군요."

"죄송합니다잘모르는일에관해서는두루뭉술한인상밖에갖고있지않은지라……."

에헤헷 하고 고개를 숙이는 뱃사공. 말하길 그녀는 신입이라고 합니다.

"아직 마을 소개가 익숙하지 않아요."

"그래 보입니다……."

"그리고 오늘은 평소보다 상태가 좀 안 좋아요……."

뱃사공은 한숨을 내쉬었습니다. 노를 젓던 손이 멈추었고, 수면의 물결도 잔잔해졌습니다.

어라 어라, 무슨 일이 있는 겁니까?

"저기를 봐주세요."

고개를 갸웃거리는 제게 그녀는 한 곳을 가리켜 보였습니다.

그곳은 바로 곤돌라 선착장.

저희가 이제 곧 도착할 곳이었습니다만, 후드를 깊게 눌러쓴 사람이 기다리고 있었습니다. 체격이 다부진 것이 남성일 테지요. 한눈에 봐도 수상쩍고, 게다가 그 손에는 꽃다발이 들려 있어 수상함 그 자체라 해도 문제가 없을 정도였습니다.

그것참. 대체 저자는 누구일까요?

"저쪽에 보이는 것이 제 스토커입니다."

뱃사공의 눈은 거의 죽어 있었습니다.

"저기, 마을 소개와 같은 방식으로 소개하지 않아도 됩니다."

"마녀님……. 요즘 저렇게 후드를 눌러쓴 수상한 남자가 마을의 귀여운 여자아이에게 구혼하며 돌아다니고 있으니 주의해주세요."

"그 모습을 보아하니 당신도 당한 겁니까?"

"뭐, 그렇지요."

다시 깊고도 깊은 한숨을 내쉬는 뱃사공.

"아마도 마녀님도 앞으로 당할 거라고 봅니다만……."

"네에……."

상당히 지조가 없는 남자로군요…….

그런 대화를 나누고서 곤돌라는 매우 몹시 천천히 선착장까지 다다랐습니다. 그리고 대체로 뱃사공이 상상했던 대로의 전개가 펼쳐졌습니다.

"당신! 귀여운걸. 결혼하자!"

유일한 오산이 있었다고 한다면, 후드를 쓴 남자가 뱃사공에게는 눈길도 주지 않고 반지를 제게 건넸다는 것일까요? 처음부터 제게 프러포즈를 하기 위해 기다렸던 양 시원시원했습니다. 그러나 반지에는 확실하게 '사랑하는 뱃사공에게'라고 새겨져 있는 점에서 허술한 마무리가 마구 드러났습니다.

"거절합니다."

남자를 무시하고 곤돌라에서 내리는 저.

"구혼 활동이라면 다른 데서 해주십시오. 저, 그렇게 보이지 않을 테지만 여행하는 마녀입니다. 공교롭게도 연애 같은 것엔 눈곱만큼도 흥미가 없습니다."

"그 무자비한 느낌, 좋아!"

제 발언의 무엇이 잘못되었던 것일까요?

"너처럼 귀엽고 강한 아이는 정말 좋아! 꼭 우리 동포로 삼고 싶을 정도야."

냉정하게 거절할 생각이었습니다만, 남자는 약간 흥분한 기색이기까지 했습니다.

"으아아."

저는 물리적으로도 정신적으로도 질렸습니다.

그러나 후드 남자는 이 정도의 일은 신경도 쓰지 않는지, 일어서서 다시 제게 반지를 내밀며 "결혼하자!" 하고 압박해 왔습니다.

그러던 때였습니다.

"손님, 그만두세요! 손님께 민폐잖아요!"

약간 헷갈리는 호칭을 써가며 뱃사공이 저희 사이에 끼어들어 주었습니다.

프로페셔널……!

"방해하지 말아줘!"

"당신도 일하는 데 방해하지 마세요! 곤돌라 선착장에서 프러포즈 같은 걸 받은들! 곤란하다고요!"

뱃사공은 툴툴거렸습니다.

"너희 중 하나가 이걸 받아준다면 그만두지!"

"절대 싫어요! 죽어도 싫어요!"

고개를 휙 돌리는 뱃사공.

"아, 저도 죽어도 싫습니다."

뱃사공의 뒤에서 저도 불쑥 고개를 내밀며 말했습니다.

정상적인 남성이라면 이 시점에서 조금은 상처를 입을 터입니다.

그러나 눈앞의 후드 씨는 아무래도 확실하게 정상과는 거리가 먼 분이었는지.

"받아줄 마음이 없는 건가…… 그렇다면 할 수 없지. 이건 강제로——."

그런 불온한 대사를 내뱉으며 저희 쪽으로 다가왔습니다.

그러나 그 직후, 신기한 일이 일어났습니다.

"에잇."

세상에, 어떻게 된 일일까요? 갑자기 곤돌라 선착장으로 불어온 돌풍이 어째서인지 후드 남자만을 덮쳤고, 반지만을 남긴 채 남자를 휩쓸어 날려버리고 말았던 것입니다.

"으악——."

남자는 그대로 물에 빠지고 말았습니다. 첨벙하고 물보라가 튀었지만, 역시나 신기하게도 물은 저와 뱃사공만을 깔끔하게 피해 튀었습니다.

그것참 마치 마법에라도 걸린 것 같군요.

"이걸로 조금은 얌전해지겠죠."

아니 뭐, 제가 지팡이를 휘둘렀기 때문이지만 말이지요.

지팡이를 집어넣으며 저는 수면을 들여다보았습니다.

남자는 금세 나왔습니다.

"제법이잖아. 역시 너는 우리 동포로 삼고 싶은걸——."

후드를 눌러쓴 탓에 몰랐습니다만, 남자는 의외로 단정한 생김새를 하고 있었습니다. 이런 형편없는 짓을 하지 않아도, 잠자코 있으면 여성 쪽에서 말을 걸어오지 않을까 싶을 정도의 외모였습니다.

"아무래도 오늘은 내 패배인가 보군!"

물에 빠지고서도 여전히 기운 넘치는 그는 이어서 "그럼 또 만나!" 같은 대사를 경례와 함께 남기고서 그대로 물속으로 사라져버렸습니다.

"네에……."

마치 폭풍처럼 갑자기 나타났다 사라져버린 남성은, 그걸 끝으로 물에서 나오지 않았습니다.

"마녀님, 고마워요!"

가슴을 쓸어내리는 뱃사공.

"무어라 감사를 드리면 좋을지……."

"별 대단한 건 안 했습니다."

"답례로 이걸 받아주세요."

근처에 떨어져 있던 반지를 줍더니, 그녀는 그것을 제게 떠넘겼습니다.

…………

"이건 당신을 위해 준비된 것일 텐데요?"

"아니 하지만 손님에게 건넸으니까요."

"필요 없어……."

"까놓고 말해서 저도 필요 없습니다……."

그리고 잠시 곤돌라 선착장은 미묘한 분위기에 휩싸였고, 최종적으로 제가 떨떠름하게 받아 드는 흐름이 되었습니다.

그렇게 저는 다시 관광으로 돌아왔습니다만, 그러나 곤돌라 선착장에서 보았던 이상한 남성의 일은 그 후 한동안 제 머릿속에서 어른어른하며 떨어지지 않았습니다.

저는 그의 얼굴을 본 그 순간부터, 사실은 조금 흥미를 느끼고 말았던 것입니다.

아니 아니, 그것은 결코 그가 용모단정하고 그야말로 싱그러운 미남이었기 때문, 이 아닙니다. 물론 첫눈에 반해버렸기 때문도 아닙니다.

머리카락은 은색. 눈동자는 금색. 까무잡잡한 피부.

그리고 물속으로 사라지고 만 그의 귀는, 평범한 인간의 것보다도 조금 길었던 것입니다.

그는 제가 과거에 딱 한 번 볼 기회가 있었던 종족.

다크 엘프였던 것입니다.

○

지금까지의 여행 중에 다크 엘프와 제대로 마주한 적은 없었습니다.

다시 없을 기회이니 여러 가지로 이야기를 해보고 싶었습니다만, 그 이후로 그는 모습을 드러내지 않았습니다.

숙소로 돌아오는 도중, 분수 앞에서는 여전히 마을 사람들이 동전을 던지고서 소원을 빌고 있었습니다. 이 나라에 전해지는 이야기와 마찬가지로 열심히 기도를 올리는 사람들의 모습이 보였습니다.

첫째 날도, 둘째 날도, 셋째 날도, 변함없이.

매일 제가 관광을 하려고 숙소를 나올 때마다, 혹은 돌아올 때마다 같은 광경이 펼쳐지고 있었습니다. 멈춘 시간 속에 갇힌 것처럼, 사람들은 매일 성실하게 기도를 올렸습니다.

"부디──수 있기를."

후드를 뒤집어쓴 여성의 모습도 당연하다는 듯이 그곳에는 있었습니다.

대체 무얼 빌고 있는지는 알 수 없었고, 일부러 말을 걸면서까지 들어야만 하는 일은 아니었지만, 곤돌라 선착장에서 유혹을 시도한 남성의 후드 아래를 보고 만 탓에 왠지 모르게 기도를 올리는 그녀도 역시 다크 엘프인 것은 아닐까 생각되었습니다.

"부디──수 있기를."

기도한 후에 그녀는 손가락 끝으로 동전을 솜씨 좋게 가지고 놀았습니다. 손가락 위에서 빙글빙글 돌리고, 그리고 그녀는 만족한 듯 고개를 끄덕이더니 엄지를 튕겨 분수로 날렸습니다.

이질적으로 보인 것은 거의 매번 이러한 의식 같은 일을 하고 있었기 때문인지도 모릅니다.

그리고 그녀는 며칠 전과는 다른 남성과 손을 잡고, 분수를 떠났습니다── 모습이 잘 보이지 않는 그녀는 아무래도 여러 사람과 사귀고 있는지, 매번 다른 남성과 손을 잡고 있었습니다.

기회가 있다면 말을 걸어보는 것도 괜찮을지 모르겠습니다──.

그런 생각을 하며 저는 그대로 오늘도 관광에 나섰습니다.

오늘은 체재 나흘째.

내일이 이 나라에서 머무는 마지막 날입니다.

"──남편의 병이 나았어요! 기적이에요!"

저와 엇갈리듯이 비척비척 분수까지 찾아온 여성이, 그 자리에 무릎을 꿇고서 눈물을 흘리며 물기둥을 올려다보았습니다.

어쩌면.

분수에 동전을 던져 넣는다고 하는 행위도 아주 쓸데없진 않을

지도 모르겠습니다.

저도 동전을 던지고 "다크 엘프와 대화를 나눌 수 있기를" 하고 기도라도 올려본다면, 다크 엘프 씨가 노린 듯이 나타나 주는 것일까요?

그런 생각을 살짝 했습니다만, 기도할 정도의 일도 아닌지라 그만두었습니다.

오늘은 이 나라의 미술관으로 향했습니다. 그러나 미술관에서 인텔리전스한 분위기를 피부로 느낀 다음 나와 보니 비가 추적추적 내리기 시작한지라, 저는 그대로 도망치듯이 가까운 찻집에 틀어박히기에 이르렀습니다.

점심 무렵부터 그렇게 창가 자리에서 빗소리에 귀를 기울이며 독서에 열중했습니다.

해 질 녘이 되었어도 창밖의 빗소리는 그치지 않았습니다.

"…………."

그리고.

이쯤에서 확신했습니다만, 역시 "다크 엘프와 대화를 나눌 수 있기를" 같은 기도는 일부러 할 정도의 일도 아니었습니다.

동전을 낭비하지 않은 것에 안도하며 책을 탁 덮고, 저는 그대로 가게를 나섰습니다.

우산을 쓰고, 그리고 비가 내리는 거리를 걸었습니다. 쏟아지는 굵은 빗줄기는 사람들의 발소리를 지우고 시야를 가렸습니다.

그래도 제가 나아가는 앞에 있는 그녀는 분명하게 보였습니다.

이 나라 사람들은 아무래도 그리 친절하지도 않은 모양입니다——
고인 물웅덩이를 피하듯이 그녀의 존재를 피하고 있었습니다.

성가신 일에 휩쓸리기 싫었던 것일까요?

아무도 그녀에게 우산을 씌워주지 않았습니다.

외지인인 저 이외에는.

"——괜찮은가요?"

우산 바로 아래. 며칠 전부터 분수 앞에서 기도를 올렸던 후드
차림의 여성이, 쓰러져 있었습니다. 숨은 붙어 있는가 봅니다. 금
색 눈동자가 이쪽을 향했습니다. 은색 머리카락이 까무잡잡한 피
부에 부드럽게 드리워져 있었습니다.

긴 귀가 후드 사이로 드러났습니다.

그곳에는 다크 엘프가 있었습니다.

○

"제 이름은 에머리. 보시는 대로, 고귀한 다크 엘프입니다."

목욕을 마치고 보드라워진 머리카락을 살랑이며, 따끈따끈하
게 달아오른 그녀는 제 앞에 다시 나타났습니다. 고귀를 자칭하
는 점에서도 짐작할 수 있듯이 그녀는 조금 특이한 분인 듯했습
니다.

결국, 말을 건 이상 젖은 길 위에 방치해두고 갈 수도 없었던지
라 저는 그녀를 숙소까지 데려오기에 이르렀습니다. 밥을 먹이
고, 물을 주고, 욕실을 빌려주고, 기다리기를 수 분.

그녀는 잘 이해되지 않은 예의 그 대사를 뱉으며 나타났던 것입니다.

제가 미간을 좁힌 것은 말할 것도 없습니다.

"고귀한 다크 엘프 씨는 길바닥에서 쓰러지는 취미를 가지신 겁니까?"

"그런 것이 취미라고 여기시는지?"

이런이런 하고 고개를 젓는 에머리 씨. 그러고서 그녀는 침대에 걸터앉아 자신의 가슴께에 손을 댔습니다.

"어찌 됐든, 덕분에 살았어요. 옷도 빌려주시고, 감사합니다."

그렇게 말하며 가슴께에 올렸던 손을 얼굴로 가져갔습니다.

"아뇨 아뇨. 천만에요."

"그나저나 이 블라우스, 좋은 냄새가 나는군요……."

"냄새 맡지 말아 주시겠습니까?"

"하지만 가슴 부분이 조금 답——."

"뭐요?"

"아무것도 아닙니다."

정말이지 실례로군요.

부루퉁해서 밖으로 시선을 돌려보니, 빗방울이 창을 톡톡 두드리고 있었습니다. 잔뜩 흐린 하늘로 보아 한동안 비는 그치지 않을 테지요.

그나저나.

"갈 곳은 있나요?"

"없습니다."

곧바로 고개를 가로저었습니다.

"갈아입을 옷도 없는 거죠?"

"보시는 대로."

그녀는 가슴을 활짝 폈습니다. 투둑투둑 제 블라우스가 비명을 지르고 있었습니다. 하지 마.

"그럼 돈은?"

"부끄럽게도 무일푼입니다."

"…………."

그렇다는 것은 즉, 제가 지금 "욕실을 빌려줬으니 이제 더는 용건이 없을 테지요? 나가주세요"라고 말하며 그녀를 여기서 쫓아낼 경우, 그녀가 다다를 결말은 하나뿐.

아마도 다시 비 내리는 길바닥에서 구르는 꼴이 될 테지요. 분명 에머리 씨는 뜨거운 샤워를 떠올리며 바닥에 쓰러질 테지요.

그것은 너무나도 가혹한 일입니다. 저도 사람의 마음은 갖고 있습니다.

"그럼, 오늘은 여기서 묵어도 괜찮습니다."

그런고로 제 입에서 이러한 말이 튀어나온 것도 지극히 자연스러운 일이 아닐까요?

"돈은 신경 쓰지 않아도 괜찮습니다. 하지만 그 대가로, 당신에 관해 이것저것 알려주세요."

그녀의 고향에 관한 이야기라도 들을 수 있다면, 이대로 머무르게 하는 것도 괜찮으리라고 판단했습니다. 그도 그럴 것이 그녀는 다크 엘프입니다. 다크 엘프. 지금까지 제대로 대화를 해본

적 없는 종족입니다. 이런 기회는 좀처럼 없습니다.

자, 과연 어떤 이야기를 들을 수 있을까요? 분명 아주 재미있고 신기한 이야기를 들을 수 있을 테지요. 그럴 것이 틀림없습니다.

저는 그녀에게 귀를 기울였습니다. 마음속에서 이야기의 허들을 쭉쭉 올리며 귀를 기울였습니다.

"대가로, 나에 관해, 이것저것, 알려줘⋯⋯?"

그러나 대체 어찌 된 일일까요?

그녀의 상태는 이쯤부터 급격하게 이상해졌습니다. 눈동자가 촉촉해졌고, 그러나 그 안쪽에 괴이한 빛을 깃들이며, 숨결에 열기가 담겼습니다. 묘한 분위기입니다.

"그, 그렇군요. 나, 오해했어요⋯⋯. 대가도 없이 샤워를 하게 해주다니, 그런 형편 좋은 이야기가 있을 리 없죠⋯⋯."

이유는 잘 알 수 없지만, 그녀 안에서 제 이야기는 어떤 은어로 변환된 모양입니다. 에머리 씨는 침대 위에 걸터앉은 채 가슴에 손을 대고, 뺨을 붉히며, 꼬물꼬물 관능적으로 몸을 틀며, 마치 소녀처럼 부끄러워하면서 눈을 흡뜨고 이쪽을 바라보았습니다.

어라? 뭡니까? 그 태도는.

따끈따끈하게 달아오른 몸의 열기가 머리에까지 오른 것인가요?

"안심하세요⋯⋯. 숙박비만큼은 확실하게 일할 셈입니다⋯⋯."

스으윽 하고 블라우스에 손을 대고 묘하게 요염한 동작을 섞어가며 단추를 풀어나가는 에머리 씨.

"⋯⋯⋯⋯⋯."

침묵에 빠진 저.

©Azure

이쯤에서 혹시 이 사람 좀 바보인가 생각했습니다만, 눈치채는 것이 상당히 늦었습니다.

"자, 모쪼록…… 마음껏 써주세요……."

스륵 스륵, 물 흐르듯이 어깨를 드러내 가는 에머리 씨.

"……저기, 뭐 하시는 겁니까?"

"내 입으로 말하게 하고 싶은 건가요……?"

"아니그저눈앞에서일어나는일이이해되지않는것뿐입니다……."

혹시 이건 세상 물정 모르는 소녀에게 괘씸한 짓을 하려 하는 못된 어른이 된 것 같아서 조금 오싹오싹하지 않는 것도 아닌 것 같은 상황인지도 모릅니다만, 그보다도 샤워를 하게 해준 정도로 터무니없는 대가를 지불하려 하고 있는 것에 대한 죄악감 쪽이 컸습니다.

"저기…… 일단 옷을 입을까요?"

오해거든요? 그런 뉘앙스도 포함해서 저는 벗겨지던 그녀의 옷에 손을 대고 억지로 다시 입혔습니다.

"설마 입은 채를 좋아하는 파인가요……!"

오늘 중 가장 경악한 표정을 짓는 그녀.

"당신무슨말을하는겁니까."

"아니면 나처럼 더럽혀진 몸을 가진 여자한테는 흥미가 없나요……?"

"더러운 건 방금 샤워로 전부 씻어냈을 텐데요."

무얼 위해 샤워를 하게 해줬다고 생각하는 겁니까.

"즉, 나를 이대로 안고 싶다고……?"

"혹시 다크 엘프는 이쪽 언어가 통하지 않는 건가요?"

어쩐지 제멋대로 전부 그런 의미로 받아들이고 있습니다만.

"저는 딱히 그런 목적으로 당신을 묵게 해준 게 아니거든요."

".............."

침묵으로 답하는 그녀의 어깨에 저는 담요를 걸쳐주었습니다.

그녀는 그 후로도 잠시 넋이 나간 표정을 짓더니, 담요 안에서 꼬물꼬물 몸을 꿈틀거리기 시작했습니다.

"……그럼, 무상으로 묵게 해주겠다는 건가요?"

그 목소리에는 당황스러움이 담겨 있었습니다.

"아니 무상까지는."

아까도 말했다고 생각합니다만.

"당신에 관해 가르쳐줬으면 하는 것뿐입니다. 고향에 관한 것이라든가, 당신의 가족과 친구에 관한 것이라든가, 이것저것."

".............."

"물론 이야기하고 싶지 않은 건 이야기하지 않아도 괜찮습니다. 어디까지나 당신이 이야기해도 문제없다고 여기는 것만, 가르쳐주지 않겠습니까?"

저는 그저 다크 엘프라는 종족에 흥미가 있을 뿐입니다.

"그런, 가요……."

가느다란 손가락으로 담요를 잡고서 그녀는 숨을 내쉬었습니다.

"하지만 그래서는 무상으로 숙소에 묵게 해주는 것이나 마찬가지이지 않은가요?"

"당신이 이야기하는 내용에 따라서 그럴 수도 있겠네요."

저는 딱히 그래도 상관없습니다만. 에머리 씨에게 있어 가치 없는 이야기가 제게 있어서도 마찬가지인지 어떤지까지는 알 수 없으니까요.

그녀는 한숨을 한 번 내쉬었습니다.

"이런 무상의 사랑을 받은 것은 처음이에요."

"과장이 심하네요……."

"나에게 깊게 접근하지 않는 분도 당신이 처음이에요."

"평범하다고 생각합니다만."

"어째서 빗길에 쓰러져 있었는지, 묻지 않는 건가요?"

"그런 취미를 가진 특이한 분이라고 여기기로 한지라, 딱히."

"하지만 물어봐 주지 않으면 내 마음이 편치 않아요."

"이야기하고 싶은가요?"

그러자 그녀는 "그러네요──" 하고 고개를 끄덕였습니다.

"이런 평온한 밤은 처음이니까요."

──그러니, 신세 한탄이라도 하지 않으면 진정이 안 될 것 같아요.

그러고서 그녀는 띄엄띄엄, 지금 창을 두드리는 빗방울처럼 천천히, 계속해서, 끊이지 않는 이야기를 들려주기 시작했습니다.

○

에머리 씨는 어릴 때부터 몸이 약해서 그다지 밖을 나다니지 않았다고 합니다. 언제나 밖에서 노는 또래 아이들을 바라보며 한

숨을 내쉬는 나날. 그것이 그녀의 일상이었습니다.

그런 그녀에게는 딱 한 사람, 친구라고 부를 수 있는 남자아이가 있었습니다.

옆집에 사는 그는 어릴 때부터 이런저런 일로 그녀를 찾아왔습니다. 어느 때는 침대에 걸터앉아 이야기를 들려주었습니다. 어느 때는 직접 만든 요리를 맛보여 주었습니다. 어느 때는 새 옷을 사주었습니다. 어느 때는 예쁜 꽃을 가져다주었습니다. 어느 때는 심심풀이가 될 거라며 동전 묘기를 가르쳐주었습니다. 손가락 위에서 데굴데굴 동전을 원하는 대로 움직이는 묘기. 동전을 건네받고 손가락 위에서 굴렸을 때, 그녀는 자신이 의외로 손재주가 없다는 사실을 깨달았습니다.

동전 묘기 연습은 좋은 심심풀이가 되었습니다. 그는 그 후로도 매일같이 와주었습니다. 이윽고 시간이 흘러, 어른이 되었습니다. 동전 묘기는 이제 아주 능숙해졌습니다.

그는 후로도 쭉 그녀를 찾아와 주었습니다.

에머리 씨가 그에게 연심을 품게 된 것은 지극히 자연스러운 일이었습니다. 그녀는 매일같이 동전을 가지고 놀며 그를 기다리게 되었습니다. 그는 그녀의 마음에 답하듯, 그 후로도 매일 와주었습니다. 둘이서 이야기를 나누는 것만으로도 하루하루가 색을 띠고, 화사해졌습니다.

이런 날이 언제까지나 계속된다면 얼마나 기쁠까요. 그녀는 행복한 시간이 영원히 계속되기를 바랐습니다.

그러나.

수년 전의 어느 날을 기점으로 소꿉친구인 그는 에머리 씨를 찾아오지 않게 되고 말았습니다. 대체 어찌 된 것일까요? 마을의 동료에게 물어보아도 답을 아는 자는 아무도 없었습니다.

　그로부터 대략 몇 달 동안 그녀는 무척이나 지루한 날들을 보냈습니다. 매일 동전 묘기에 전념하며, 사랑하는 사람이 문을 두드려주기를 기다렸습니다.

　그러나 끝내, 그는 돌아오지 않았습니다.

　심지어, 그녀의 마을에서는 한 사람, 또 한 사람, 동료가 자취를 감추어버렸습니다.

　그리고 지금으로부터 반년 전.

　몸에 병을 가진 그녀도 역시, 마을에서 나가는 한 사람이 되었습니다.

　"우리 다크 엘프는 종 존속의 위기에 처해 있어요."

　목소리 톤을 전혀 바꾸지 않고, 그녀는 담담하게 이야기를 이어갔습니다.

　"마녀님. 당신은 다크 엘프 사냥꾼이라는 걸 아나요?"

　다크 엘프 사냥꾼.

　낯선 단어입니다.

　"그게 뭔가요?"라며 고개를 갸웃거렸습니다.

　"나쁜 직업을 뜻하죠——."

　주변을 살피듯이 에머리 씨는 창을 바라보았습니다. 변함없이 빗방울이 창을 두드릴 뿐이었습니다.

"많은 분이 아는 대로, 우리 다크 엘프는 인간이 보기에 형편 좋은 특징을 갖고 있죠."

불로장생에, 누구 하나 빠짐없이 미남미녀.

적어도 많은 사람이 부러워할 만한 특징을 갖고 있다는 것은 틀림없습니다.

"하지만 우리 다크 엘프에게 있어서는, 그 특징이야말로 무엇보다 꺼림칙한 것이죠."

"……?"

"다크 엘프 사냥꾼이라는 것은, 우리 같은 다크 엘프를 잡는 것을 생업으로 삼는 녀석들을 말해요."

에머리 씨가 말하길, 지금까지 몇 명이나 되는 동료가 이 다크 엘프 사냥꾼에게 잡혀 감옥에 들어갔다고 합니다. 목적은 말할 것도 없을 테지요── 누구 하나 빠짐없이 미남미녀이고, 영원히 젊은 모습을 유지할 수 있는 남녀라고 한다면, 쓸 데는 얼마든지 있는 법.

게다가 많은 경우 다크 엘프는 미움받는 자로 여겨집니다. 아무리 거칠게 취급해도 양심 따위 찔릴 리도 없습니다.

노예 상인이 그녀와 같은 다크 엘프에게서 상품 가치를 발견하는 것은 지극히 당연한 이야기라고도 생각합니다.

"엘프 사냥 활동은 지난 몇 년 동안 활발해졌죠. 우리 다크 엘프는 동료를 차례차례 잃어갔어요. 내가 아는 한, 아직 잡히지 않고 살아 있는 동료는 몇 명 정도죠."

"…………."

"그래서 우리 다크 엘프는 종을 남기기 위해 마을에서 바깥 세계로 여행을 떠나게 되었어요."

말하길.

그녀와 같은 다크 엘프는 나라와 나라를 오가며 배우자를 찾아다니고 있다고 합니다. 남성 다크 엘프는 방문한 나라에서 여성을 꾀고. 여성 다크 엘프는 남성에게 말을 건다. 그렇게 다크 엘프는 종을 남기기 위해 활동하고 있다고 합니다.

"……그건 다크 엘프끼리는 안 되는 겁니까?"

다크 엘프라면 다크 엘프와 연애하면 되는 거 아닙니까?

그러나 에머리 씨는 천천히 고개를 저었습니다.

"다크 엘프 종을 늘리기 위해서는 새로운 피를 유입해야만 해요. 다크 엘프끼리 연애하는 것은 허락되지 않죠."

"…………."

"그래서 나도, 반년 전에 마을을 떠나야만 하게 되었죠."

그리고 그 반년 동안, 그녀는 여러 나라를 돌아다녔다고 합니다.

"어쩌면 인간인 당신은 이상한 이야기라며 웃을지도 모르지만."

그녀는 힘없이 웃었습니다.

"우리 다크 엘프는 종을 늘릴 수만 있다면 그걸로 됐다는 생각을 갖고 있어요. 그러니까 우리는 결혼이라는 풍습을 갖고 있지 않죠."

"…………."

"그래서 나는 여러 나라에서, **여러 사람의 상대**를 해왔어요."

물론, 이 나라에서도——라며 그녀는 창밖을 보았습니다.

"오늘 아침에도, 길에서 말을 걸어온 분의 상대를 할 예정이었죠."

하지만 그녀는 저녁, 빗속에 쓰러져 있었습니다.

"오늘 아침 무렵 내게 말을 걸어왔던 건 다크 엘프 사냥꾼이었어요. 내가 다크 엘프라는 사실을 확인하자, 곧바로 나이프를 들이대며 위협하더군요. 이대로 감옥에 들어가지 않는다면 목숨은 없다. 그렇게 말했죠."

"그래서, 어떻게 했나요?"

"도망쳤죠. 물건을 던지고, 인파 속에 숨어서, 계속 도망쳤어요."

그리고 도망치는 사이에 그녀는 깨달았다고 합니다. 지난 며칠 동안 제대로 식사를 한 적이 없었다는 것을. 마시지도 않았다는 것을.

이윽고 힘이 다한 그녀는 길 한복판에 쓰러졌고, 제게 발견되었다.

그런 자초지종이라고 합니다.

"……밥 정도는 제대로 드세요."

저는 그 정도의 잔소리밖에 할 수 없었습니다.

"무일푼인걸요. 어쩔 수 없죠."

그녀는, 웃었습니다.

그녀를 바라보며 떠올린 것은 분수에서 기도를 올리던 그녀의 모습이었습니다.

현재 무일푼인 그녀는, 매일같이 금화를 던져 넣고, 기도를 올렸습니다.

대체 무얼 바랐을까요.

○

　다음 날.

　긴 이야기 끝에, 어느샌가 잠들었던 저희는 해가 뜰 무렵에 눈을 떴습니다. 그쯤에는 그녀의 옷이 다 말랐기 때문에 블라우스는 회수.

　저도 이 나라에서 머무는 마지막 날이었기에 짐을 정리하고, 그녀와 함께 숙소를 나섰습니다.

　"이 나라에는 동료와 함께 왔어요."

　말하길, 그녀는 원래 오늘 중으로 그 동료와 함께 이 나라에서 떠날 예정이었다고 합니다.

　동료와 만나기로 한 장소는 예의 그, 숙소 바로 옆.

　분수 바로 앞이었습니다.

　이미 동료는 약속한 장소에 도착해 있었던가 봅니다. 다크 엘프 남성이—— 얼굴이 눈에 익은 다크 엘프 씨가, 그곳에는 있었습니다.

　"……저게 동료인가요?"

　구체적으로 말하자면 이 나라에 체재한 첫날 수로 부근에서 본 듯합니다.

　"맞아요. 저 사람, 아주 좋은 사람이에요."

　담담하게 고개를 끄덕이는 에머리 씨.

　저희의 존재를 깨달은 다크 엘프 남성은 이쪽을 향해 손을 흔들며 다가왔습니다.

"에머리, 늦었잖아. ……이분은?"

"생명의 은인이에요."

그녀는 엘프 남성에게 어제의 일을 간단하게 이야기했습니다. 다크 엘프 사냥꾼과 만난 것과 우연히 제가 그녀를 주운 것.

어쩌면 지금까지 몇 번이나 그러한 경험을 했을지도 모릅니다. 남성이 "그래……. 그럼 앞으로 한동안은 숲에 몸을 숨기는 편이 좋겠네" 하고 제안했습니다. 그리고.

"우리 동포가 신세를 진 모양입니다── 고맙습니다. 마녀님."

그 말과 함께 제 가슴께의 브로치를 바라보며 과장되게 인사를 한 번.

그의 그 모습에서는 좀처럼 위화감을 떨쳐낼 수 없었습니다.

"……며칠 전에 만났을 때와는 많이 다르군요."

이름도 모르는 다크 엘프인 그는 적어도 며칠 전에 만났을 때는 조금 더 지조가 없는 분이었을 터입니다.

전혀 다른 사람 같습니다.

얼굴을 든 그는 고개를 갸웃거렸습니다. 그리고.

"어라? 어디서 만났던가요?"

마치 저를 처음 본다는 듯이 말했습니다.

"……?"

그는 저를 전혀 기억하지 못하는 모양이었습니다. 어라라? 유혹에 실패한 일 같은 건 이미 그의 기억 저편으로 사라진 것일까요?

저는.

"며칠 전에 수로에서 만났던 것, 잊으셨습니까?"

그렇게 파고들어 봤지만, 그는 후드 아래에서 애매한 미소를 지을 뿐.

기억에 없는 것일 테지요. 잊어버린 것일 테지요. 저는 그렇게 생각했습니다만, 그러나 아무래도 저와 그는 정말로 아무런 거짓 없이 지금 이 자리에서 처음 만난 모양이었습니다.

"그건 아마, 저와는 다른 다크 엘프일 겁니다."

담담한 태도로, 그는 이야기했습니다.

"우리 다크 엘프는 몸이 완성되면 모두 같은 외모가 됩니다."

말하길.

다크 엘프라는 종족은 어른이 되면 모두가 거의 같은 생김새가 된다고 합니다. 다른 점은 겨우 목소리와 키 정도이며, 동성끼리 나란히 서면 다크 엘프끼리도 전혀 구별하지 못하는 일도 종종 있다고 합니다.

즉, 제 눈앞에 있는 다크 엘프 남녀는 다크 엘프라는 종족에서는 지극히 평균적이고 평범한 얼굴인 셈이라며, 그는 가르쳐주었습니다.

시험 삼아 며칠 전에 수로에서 만났던 다크 엘프 남성이 제게 떠넘겼던 '사랑하는 뱃사공에게'라고 적힌 반지를 건네보아도, 그는 전혀 기억하지 못했습니다. 심지어.

"이런 선물을 하는 동포가 있는 건가…… 센스 없군……."

손가락으로 집어 들며, 그렇게 경멸이 담긴 태도를 보이기까지 했습니다. 과연, 다른 사람이라는 것은 분명 거짓말이 아닐지도 모릅니다.

"우리 동포인 것치고는 센스가 나쁘지만 팔면 비싼 값을 받을 것 같은 반지네요……."

옆에서 감정하듯 반지를 바라보는 에머리 씨.

"…………."

갖고 싶은가 봅니다.

"괜찮다면 받으세요. 여기, 드리겠습니다."

"어머나! 그래도 되나요?"

"제가 갖고 있어봐야 소용없는 물건이니까, 딱히 상관없습니다."

게다가.

"마을 밖에서 만났을 때, 그게 에머리 씨인지 아닌지 구분 가능한 특징이 있는 편이 도움이 될 테니까요."

다크 엘프라는 종이 비슷한 생김새들로 구성되어 있다고 한다면, 다른 분과 다른 특징이 하나나 둘쯤은 있는 편이 좋을 테지요.

뭐, 그건 어디까지나 단순한 방편입니다만.

진심을 말하자면, 무일푼이 되면서까지 병적일 정도로 분수에 기도를 올리는 그녀의 여비에 도움이 되었으면 하고 생각했을 뿐입니다.

뭐 그런 말은 입이 찢어져도 하지 않을 테지만요. 부끄러우니까요.

"그나저나, 에머리 씨. 언제나 이 분수에서 기도를 올리고 있었지요?"

어차피 이 나라에서는 이제 나갈 터이니, 분명 더는 기도를 올리지 않을 테지요.

"지금까지, 대체 무얼 빌었나요?"

조금 궁금했습니다.

처음 이 나라에서 그녀를 보았을 때부터 줄곧 신경 쓰이던 일이었습니다. 마치 이야기 속 주인공처럼, 자신이 가진 모든 것을 희생하면서 그녀는 대체 무얼 바랐던 것일까요?

"그런 거, 뻔하지요."

그녀는 분수를 돌아보고, 잠시 허공에서 꽃처럼 흩어지는 물방울을 바라보았습니다.

그리고 다시 이쪽을 바라보았습니다.

바란 것은 단 하나.

"부디 내일도 살아 있을 수 있기를."

그렇게 말하며 웃었습니다.

일족을 위해, 종을 남기기 위해 나라에서 나라를 전전하며, 그러나 언제나 다크 엘프 사냥꾼의 공포에 떨며 하루하루를 보내야만 하는 그녀에게 있어서, 분명 목숨을 부지하는 것은 무엇보다도, 돈보다도, 중요했던 것입니다. 분수에 얽힌 이야기가 지어낸 것이라고 해도 그녀는 바라지 않을 수 없었던 것입니다. 올곧은 그녀는 이어서 "당신에게 받은 목숨, 소중히 할게요"라며 웃고, 이 나라를 떠났습니다. 그녀가 다크 엘프 사냥꾼에게 살해당한 것은, 그로부터 약 한 달 후의 일이었습니다.

○

다크 엘프 사냥꾼의 야영지.

제가 다크 엘프와 만난 적이 있다고 대답한 순간 그의 태도는 급변했습니다.

언제, 어디서 보았는지, 어떤 모습의 다크 엘프였는지, 그 다크 엘프와 친밀한 사이였는지——그는 저를 야영지 안까지 데리고 가서 간이로 만들어둔 의자에 앉히더니, 세세하게 그러한 사정을 물어 왔습니다.

저는 질문받은 대로 대답하면서도 조금 주춤했고, 다크 엘프 사냥꾼이라는 자들이 아주 무시무시하고 악랄한 존재라고 들었던지라 조금 당황했습니다.

"……괜찮습니까? 지금, 몸 상태는 나쁘지 않습니까? 어디 이상한 곳은 없습니까?"

마치 환자를 대하듯이, 그는 저의 모습을 살폈습니다.

"한 달 전에 마주친 후, 여행을 계속할 수 있었다고 한다면 아마도 문제는 없을 테지만—— 앞으로 다크 엘프와의 접촉은 가능한 한 피하는 편이 좋을 거라고 봅니다."

모습을 발견하면 가능한 한 멀리 도망쳐주십시오. 그는 그렇게 말했습니다.

"……어째서요?"

마치 다크 엘프를 위험 생물인 것처럼 말하는 것이 아닙니까.

"녀석들이 이쪽 얼굴을 기억했다는 건, 이후에 노려질 가능성이 있다는 뜻입니다."

마치 다크 엘프가 나쁜 놈들인 것처럼 말하는 것이 아닙니까.

대체 어찌 된 일일까요?

"──다크 엘프라는 종족의 정체에 관해 이야기하지요. 이쪽으로."

다크 엘프 사냥꾼인 그는 여전히 계속해서 의문을 떠올리는 제게 입가를 덮는 천 조각을 건네고, 야영지를 안내해주었습니다.

"다크 엘프라는 종족은 큰 오해를 받고 있습니다."

말하길.

은발에 금색 눈동자, 귀가 조금 길고, 피부는 까무잡잡하고, 남녀 모두 매력적이며 단정한 생김새를 하고 있으며, 불로장생 혹은 그에 가까운 존재이며, 대부분의 경우 숲속에서 살고 있다.

이러한 특징은 많은 부분이 모순되어 있다고 합니다.

"우선 그들의 수명은 1년밖에 안 됩니다."

다크 엘프 사냥꾼인 그는 말했습니다.

"우리가 아는 한으로는, 아무리 길어도 1년 이상 산 기록은 없습니다. **다크 엘프가 되고 나면**, 그들은 1년 이내에 죽음을 맞이하게 됩니다. 불로장생이라는 말이 퍼진 것은, 아마도 다크 엘프들이 모두 똑같은 외모가 되기 때문일 겁니다."

──우리 다크 엘프는 **몸이 완성되면** 모두 같은 외모가 됩니다.

──라는 것은 분명 전에 만났던 다크 엘프 남성이 했던 이야기였습니다.

"…………."

그리고 지금 제 눈앞에는 밧줄로 묶인 다크 엘프 남녀가 몇 명이나 있었습니다. 공허한 눈빛을 한 그들은 제게 아양을 떨듯 부드러운 표정을 지으며, 자신들이 놓인 처지 따위는 개의치 않고 속삭였습니다.

"멋진 여성이네." "귀여워요." "괜찮다면 오늘 밤." "결혼하지 않을래요?" "만나게 되어 영광이에요." "좋아합니다."

똑같은 얼굴이, 속삭였습니다.

흠칫했습니다.

멈칫하는 저에게 다크 엘프 사냥꾼은 말했습니다.

"아마도 마녀님이 만난 다크 엘프는 아직 증상이 가벼운 편이었을 겁니다. 여기에 있는 놈들은 말기 증상. 여명이 한 달도 안 됩니다."

"마치 병처럼 말하는군요."

"그렇게 말하고 있습니다."

단호한 말투로, 그는 말했습니다.

"모습도 형태도 눈에 보이지 않을 만큼 작은 생물. 감염증. 그것이 다크 엘프의 정체입니다."

"…………."

말하길.

다크 엘프 사냥꾼인 그들은 꽤 오래전부터 다크 엘프라는 생물의 생태에 관한 연구를 한 모양이었습니다. 연구 성과에 따르면 다크 엘프라는 **병**에 감염된 경우, 몸에 일어나는 변화는 대략 두 단계로 나뉜다고 합니다.

우선 제일 먼저 일어나는 것은 건강의 회복. 몸이 부자유하더라도, 지병을 갖고 있어도, 여명이 선고되었다고 해도, 그러한 좋지 않은 상태는 다크 엘프에 감염된 후 며칠이면 곧 나아버린다고 합니다.

그다음에 일어나는 것이 변태.

보름 정도에 걸쳐 서서히 몸이, 눈앞에 있는 것 같은 다크 엘프의 모습으로 변합니다. 몸의 변화와 함께 인격도 바뀌어갑니다. 원래의 인격이 무너지고, 인간으로서의 개성을 버리고, 자신을 다크 엘프라고 믿게 된다고 합니다. 원래 있던 기억은, 상황에 맞춰 덧씌워진다고 합니다.

똑같은 얼굴을 한 모든 다크 엘프들은, 모두 하나같이, 하나의 목적을 갖고서 살아가게 됩니다.

종의 존속을 위해, 사람을 유혹하게 되는 것입니다.

그리고 1년 정도 다크 엘프로서 살아간 다음, 수명이 다합니다. 수명이 다해갈수록 다크 엘프들은 인격이 무너지고, 마지막에는 말도 하지 못하게 되고, 산 것인지 죽은 것인지도 애매한 인형 같은 상태가 된다고 합니다.

그리고, 마지막의 마지막. 몸이 질척질척 검은 액체로 바뀌어 소멸한다고 합니다.

"특히 이 검은 액체가 성가십니다. 접촉하면 높은 확률로 다크 엘프에 감염됩니다. 그렇기 때문에, 우리는 말기를 맞기 전에 미리 손을 쓰고 있습니다."

즉, 주위에 감염균을 흩뿌리기 전에 목숨을 끊어버리자는 것일 테지요.

"과연."

다크 엘프라는 생물의 생태에 관해서는, 뭐 대강 알았습니다. 하지만.

"어떻게 하면 다크 엘프에 감염되는 겁니까?"

엘프 사냥꾼은 고개를 끄덕이며 답했습니다.

"확실하지는 않지만, 다크 엘프와 점막을 통한 접촉이 있을 경우, 높은 확률로 감염된다고 여기는 편이 좋을 겁니다."

"…………."

"마녀님은 다크 엘프와 점막 접촉이 없었던 것 같으니, 아마도 문제없을 테죠── 하지만, 방심하지 말아 주십시오. 어쩌면, 다시 마녀님 앞에 나타날지도 모릅니다. 한 번 다크 엘프와 만났던 자는, 그 후에도 노려지기 쉽습니다. 다크 엘프라는 건, 모습도 형태도 보이지 않을 만큼 작은 생물들의 무리가 인간의 신체를 매개로 옮겨 다니며 증식함으로써 종을 늘립니다. 즉, 같은 기억을 공유하는 개체가 몇 개고 무진장하게 늘어나는 겁니다."

즉, 저와 만난 적 있는 다크 엘프가 그 후에 점막 접촉을 했다면 저에 관한 기억을 가진 다크 엘프가 늘어난다는 말인가 봅니다.

다크 엘프 사냥꾼인 그들은 그렇기에 개인이 특정되지 않도록 온몸을 가리고 있는 것일 테지요.

"……그렇습니까."

그러고서 다크 엘프 사냥꾼인 그는, "앞으로는 다크 엘프와 마주치면 바로 나라를 나가는 편이 좋을 거라고 봅니다"라고 말했습니다.

요컨대 여기에 있는 다크 엘프들은 전부 본래 인간이었으며, 전부 다크 엘프와 관계를 가졌기 때문에 그들의 동포가 되어버린 자들인 것입니다.

"우리는 다크 엘프의 무시무시함을 세상에 알리기 위해서 일부러 놈들을 살려둔 채 우리에 넣고, 나라들을 오가고 있습니다. 계몽 활동이라는 것이죠. 놈들에 의한 피해자가 나오지 않도록, 우리에 접근해 온 모두에게 다크 엘프의 진실을 말해주고 있습니다."

그렇기에 저에게도 사정을 이야기해준 것일 테지요.

그러나.

"이런 일은 힘들 테죠?"

"네. 나름대로는요."

그가 그렇게 대답했을 때, 몇 명의 다크 엘프 사냥꾼이 저희 앞을 지나쳐 갔습니다. 이미 움직이지 않게 된 그들을 들것에 싣고서 둘이 한 조가 되어 든 채, 연기 쪽으로 곧장 나아갔습니다.

"하지만 어쩔 수 없습니다. 이 일은 인류를 위협하는 재난에서 모두를 지키기 위해 필요한 일이니까요── 설령 인간이었던 자들을 죽이는 일이라고 해도, 그러나 돌고 돌아서 이 일이 인류를 위하는 일이 되리라고, 저는 믿고 있습니다."

그가 말하고 있을 때였습니다.

지나쳐 가던 들것 하나에서 축 팔이 늘어졌습니다. 아주 새것 같은 반지를 낀 손이었습니다. 손에는 무언가가 쥐어져 있는 모양이었습니다.

땡그랑, 지면으로 떨어졌습니다.

그는 그것을 주워 들며, 말했습니다.

"게다가, 이 일은 꽤 벌이가 좋습니다."

어떻게든 돈을 모아야만 하는 인간에게 있어서는, 특히 말이지요——라고.

재주 좋게 손가락 위에서 동전을 놀리며. 그는 말했습니다.

○

그 후로 몇 개월이 흐른 후였을까요.

저는 어느 나라에서 축제가 열리는 길을 걷고 있었습니다.

오래된 거리 속, 길을 오가는 것은 책을 안은 사람과 사람과 사람뿐. 마을 광장으로 이어지는 길에 죽 늘어선 것은 즉석으로 설치된 텐트들. 그곳에서 난무하는 것은 저 책의 전개가 좋다든가, 이 책에는 깜짝 놀랐다든가, 아무개도 이 책을 읽고 감동 받았다든가, 이 책은 재미있으니 꼭 사달라든가.

그것은 애서가에 의한 애서가를 위한 축제이며.

바로 제 고향에서 열렸던 행사와 비슷한 것이었습니다.

어머니의 손을 잡고 걸었던 어린 날의 일을 떠올렸습니다.

"…………."

그들의 일도, 저는 떠올리고 있었습니다.

길을 오가는 사람과 사람의 무리. 그 너머, 민가의 벽에 등을 기대고서 열심히 책을 읽고 있는 한 여성이 있었습니다.

깊게 후드를 눌러쓴 그 여성은, 제가 시선을 보내기를 기다리고 있던 것처럼, 이쪽을 바라보고 있었습니다.

은색 머리카락 사이로, 금색의 눈동자가 저를 들여다보고.

그리고 검지를, 입술에 가져다 댔습니다.

입을 다물라는 것이었습니다.

어린 시절의 제게 그렇게 했듯이, 조용히 있으라고, 손가락으로 표시해 보인 것입니다.

"…………."

제가 입을 열려던 직후.

다크 엘프는 깨닫고 보니 모습을 감추었습니다.

처음부터 그곳에는 존재하지 않았던 것처럼, 한순간의 환상처럼, 꿈처럼.

하지만, 그곳에는 분명히, 다크 엘프가 있었습니다.

그날, 나와 언니가 방문한 나라 A(가칭)는 예스러운 역사와 운치 있는 경관을 갖고 있었습니다.

거리에 늘어선 것은 돌로 된 오랜 건물들. 여행자이자 외지인인 나와 언니를 지켜보듯이, 길 양옆에 얌전하게 늘어서 있습니다.

"제법 분위기 있는 거리네."

흰색 짧은 머리카락에 검은 카추샤. 옅은 비취색 눈동자의 여행자 한 명.

이름은 암네시아. 내 언니입니다.

평소에는 야무진 언니이지만, 낯선 나라에 도착해 조금 마음이 풀어졌는지도 모릅니다. 마을의 경관에 넋이 팔린 언니는 어슬렁어슬렁 떠돌듯이 걷고 있었습니다.

"한눈팔면 위험하답니다."

언니의 옷소매를 잡아끄는 손이 하나.

흰색 긴 머리카락에 검은 리본. 옅은 비취색 눈동자의 여행자이자, 여동생이었습니다.

이름은 아빌리아. 바로 나입니다.

나라의 문을 지나고, 지금 우리가 있는 큰길을 걷기까지 행인은 거의 없었고, 마을은 매우 조용하고 마음 편한 분위기 속에 있었습니다.

그러나 거리에 아무도 없는 것은 아니었고, 이곳이 사람 없는 나라인 것도 아니었습니다.

주민과 어깨를 부딪치기라도 했다간 큰일입니다.

"언니. 아시나요? 이 나라는 평균 소득이 다른 나라보다 상당히 높다더군요."

"응? 그래?"

눈을 가늘게 뜨는 언니. 길에 드문드문 보이는 사람들의 차림새를 힐끔힐끔 바라보기 시작했습니다.

그것은 예를 들면 봄에 걸맞게 수수한 원피스를 입은 사람이거나, 혹은 블라우스를 입은 사람이거나, 혹은 평범한 셔츠이거나.

요컨대 참으로 수수합니다.

"……정말로 부자가, 많아?"

그 모습에 언니는 한층 눈을 가늘게 떴습니다.

그러나 나는 자신만만하게 고개를 끄덕였습니다.

내 손에는 이 나라에 입국할 때 배포된 팸플릿이 있었습니다.

이 팸플릿에는 다양한 내용이 적혀 있었는데, 이 나라의 관광 명소와 역사, 그리고 거짓인지 참인지는 알 수 없지만, 국민성이나 나라의 특색까지 쓰여 있었습니다.

매우 앳 홈인 나라입니다! 라든가, 여행자에게 매우 친절한 국민성입니다! 라든가, 이 나라에 관해 의문이 생기면 무엇이든 물어보세요. 국민들이 무엇이든 대답해줍니다! 라든가.

대체로 수상함 가득한 말이 나열되어 있었습니다.

이 나라의 팸플릿에는 그러한 문구가 쓰여 있었습니다.

나는 언니와 걸으며 소리 내 읽었습니다.

"진짜 부자란 돈이 많은 것처럼은 보이지 않는 법. 이 나라에는 화려한 것을 싫어하고 소박하고 조용한 생활을 바라는 사람들 쪽이 많다고 하네요."

"호오……."

"돈 많은 사람들이 느긋하게 사는 나라로서 인기이고, 외지에서 이사해 온 사람이 현재 아주 많대요."

"흐음흐음."

"그렇게 팸플릿에 쓰여 있답니다."

걸으면서 팸플릿을 빤히 바라보는 나.

"과연."

언니는 고개를 끄덕이며 내 옷 소매를 살짝 잡아당겼습니다.

"한눈팔면 위험해."

○

이 마을은 모든 곳이 평범하고, 소박하고, 그러나 왠지 모를 위화감을 내포하고 있었습니다.

대부분의 나라에서 볼 수 있는 큰길가의 노점 같은 것이 이 나라에는 존재하지 않았고, 채소와 과일 등은 평범하게 청과점에 놓여 있었고, 빵도 마찬가지. 꼬치구이 같은 것에 이르러서는 애초에 판매조차 하지 않았습니다.

냄새가 강해서 판매를 금지한다고 합니다. 팸플릿에 쓰여 있었습니다.

이 나라는 거리의 경관에 신경질적일 정도로 신경을 쓰고 있는지, 간판이나 포렴 등은 최소한의 것만 보였습니다.

솔직히 말해서, 가까이 다가가 보지 않으면 가게인지 가정집인지 구별하기 어려울 정도였습니다.

"여긴 어느 쪽일까요……?"

"글쎄……?"

아니, 가까이 다가가도 잘 알 수 없군요.

우리는 가게 앞에서 잠시 둘이 함께 고개를 갸웃거렸습니다.

처마를 맞댄 이 나라의 다양한 가게들.

가게 안의 모습은 지나칠 만큼 세련된 나머지 그저 여행자일 뿐인 우리로서는 그곳이 무엇을 파는 가게인지 좀처럼 잘 알 수 없을 정도였습니다.

한동안 그렇게 "어느 쪽일까요?" 하고 고개를 갸웃거린 끝에, "뭐, 들어가 보면 알 수 있지 않을까?"라는 언니의 제안에 등을 떠밀리는 형태로 우리는 결국 가게로 들어갔습니다.

그러나.

"여기는 무슨 가게인가요……?"

"글쎄……?"

들어가도 잘 알 수 없었습니다.

소박한, 그러나 세련된 가게 안. 아로마 향기가 감돌았고, 아름답게 정렬된 선반 중 하나에 상품이 진열되어 있었습니다.

그리고 가게 중앙에는 어째선지 그랜드 피아노가 놓여 있었습니다.

"후후후…… 어서 와. 마음껏 보고 가도록 해. 하지만, 맛보기는 금지거든……?"

그리고 빈틈없이 차려입은 주인분이 피아노 라이브 연주를 하고 있었습니다.

주인분은 살랑 머리카락을 나부끼며 가게에 들어온 우리를 돌아보더니.

"좋은 음악을 들려줌으로써 이 아이들이 맛있어지는 거야……."

그렇게 묻지도 않았는데 어째선지 설명을 해주었습니다.

지나치게 세련된 가게에 아름답게 정렬된 선반에는 사과, 바나나, 오이, 토마토, 양상추 등등. 각양각색에 종류도 다양한 과일과 채소가 진열되어 있었습니다.

단적으로 말하자면 청과점이었습니다.

"비싸답니다……."

"비싸네……."

선반 앞에서 잠시 할 말을 잃은 우리.

상품 아래에는 말도 안 되는 금액이 적혀 있었던 것입니다.

대략 채소 하나의 가격이 시세의 다섯 배 정도. 그러나 신기하게도 사 가는 사람은 제법 있었고, 가게는 그랜드 피아노 음색에 귀를 기울이며 장을 보는 마담으로 넘쳐났습니다.

역시 이 나라 사람들이 전부 부자라는 이야기는 틀림이 없는가 봅니다.

그렇지만 우리 같은 외지인 여행자에게는 도저히 손을 댈 만한 물건이 아니었습니다.

그런고로, 그대로 평범하게 가게를 나왔습니다.

"저말도안되는가격설정은대체뭔가요?"

"글쎄……. 연주비가 아닐까?"

그리고 이쯤에서 확신을 가졌습니다만, 이 나라는 조금 색다르고 독특한 문화 체계 속에 있는 모양이었습니다.

그 이후에 들어간 가게 전부가, 전부 하나같이 이상한 콘셉트들뿐.

너무나도 상태가 이상한 그 모습에 우리는 가게에 들어섰다가 그대로 돌아 나오기를 반복할 정도였고, 난처하게 웃으며 거리를 헤맬 때마다 적어도 팸플릿에 이곳은 상태가 이상한 나라입니다라고 써줬으면 좋았을 것을, 하고 생각했습니다.

그럼 이제부터 우리가 들어갔던 상태가 이상한 가게들에서의 자초지종을 함께 보도록 하시죠.

"우리 가게에 있는 물건들은 전부 빈티지인 훌륭한 물건들이야."

그렇게 말하며 가게 안을 안내해준 것은 치즈 전문점 주인.

"빈티지 치즈가 뭔가요?"

언니가 그렇게 묻자 "발효 저편으로 간 치즈를 말하지"라고 의기양양한 표정으로 답했습니다.

솔직히 의미를 알 수 없었습니다.

"그건즉썩었을뿐인게아닌지……?"

"안 돼, 아빌리아."

"그보다저가게주인은어째서의기양양한표정을짓고있는겁니까?"

"아빌리아."

결국 우리는 아무것도 사지 않고 치즈 가게에서 철수.

그리고 정육점에도 들렀습니다.

"이걸 보렴. 아주 아름답지……? 보석처럼 반짝이고 있어……."

가게 조명을 받아 탐스럽게 빛나는 고기는 정성을 다해 키워진 최고급 가축의 가장 희소한 부위라고 합니다.

이제 그것은 고기라기보다 하나의 예술품 같았습니다.

"고기, 멋져……!"

언니는 그런 고기를 보며 눈을 빛냈습니다. 마치 사랑에 빠진 소녀처럼 고기를 향해 뜨거운 눈빛을 보냈습니다.

"그런데 이건 얼마인가요?"

가게 주인은 나를 향해 고개를 끄덕이고, 잔뜩 뜸을 들인 후에 답했습니다.

"훗…… 보석 같은 가격이지."

우리가 곧바로 가게에서 발길을 돌린 것은 말할 필요도 없을 테지요. 아무리 보기에 훌륭해도 가격이 전혀 훌륭하지 않았습니다.

"고기라면 딱히 언제든 먹을 수 있으니까……."

언니는 한숨을 섞어가며 그렇게 말했습니다. 영원할 것 같은 사랑도 식는 법입니다.

그러고서 우리가 찾아간 곳은 길가에 호젓하게 선 화장품 가게 였습니다.

"보십시오! 우리 가게에서는 전혀 다른 타입의 화장품을 개발 했습니다!"

호화찬란한 가게 안.

가게 주인인 여성이 말하면서 솥에 마법을 쏘자 펑 하고 연기가 솟구쳤습니다.

직후, 솥 안에서 작디작은 생물이 기어 나왔습니다. 키는 대략 검지 정도. 귀여운 모자를 쓰고, 나비 같은 날개를 팔랑팔랑 날갯짓하며, 그 생물은 가게 안에 있는 손님들에게 한 번 고개를 숙여 인사를 해 보였습니다.

요정이었습니다.

요정은 이어서 가게 안을 날아다니며 손님들의 뺨에 입을 맞추었습니다.

"제가 만들어낸 마법은 몸에서 노폐물을 빼는 효과를 가지고 있답니다. 어떤가요? 피부 나이가 어려진 것 같지 않은가요?"

그 효과가 진짜인지 어떤지는, 거울을 들여다보며 기뻐하는 여성 손님들의 모습을 보면 분명할 테지요.

나와 언니 쪽으로도 요정은 다가왔고, 입맞춤을 했습니다. 가까이에서 보고 알았습니다만, 아무래도 이 화장품 가게 주인이 만든 요정은 제대로 된 생물은 아닌 모양이었습니다. 어떤 종류의 마법을 요정처럼 보이게 할 뿐인 듯했습니다.

즉 요정의 입맞춤이라는 것은 단순한 연출이고, 실제로는 노폐물을 빼는 마법이 둥실둥실 우리 사이를 날아다니고 있을 뿐인 것입니다.

공을 들인 연출을 펼치고 있기 때문인지 어떤지는 알 수 없지만, 화장품 가격은 무심코 인상을 찌푸릴 만큼 비쌌기 때문에 나와 언니는 역시 이곳에서도 발길을 돌렸습니다.

©Azure

맨 처음에 방문했던 청과점에서도 의문으로 여겼습니다만.

대체 어째서 이렇게나 공을 들인 짓을 하는 것일까요?

"무리한 연출을 하면서 가격을 비싸게 받으니, 그 대신에 싸게 파는 편이 손님으로서도 기쁜 일이라고 생각한답니다."

그리고 찾아간 숙소에서 우리는 의문을 솔직하게 주인장에게 던졌습니다.

만약 이 숙소의 주인장이 이 나라의 수많은 가게와 마찬가지로 억지스러운 연출을 하는 타입의 가게였다면 이러한 대사는 입이 찢어져도 말하지 못했을 테지만, 우리가 확실하게 딱 잘라 쓴소리를 한 것으로 보아 짐작할 수 있듯이, 이곳은 그러한 억지스러운 연출과는 거리가 먼 가게였습니다.

보이는 곳곳의 내부 장식이 매우 단순했고, 가격도 적당.

다른 나라의 일반적인 숙소보다 조금 비싸기는 하지만, 이 나라의 많은 숙소보다 싼 것은 틀림없는, 지갑에 친절한 숙소라고 할 수 있었습니다.

가격도, 카운터 너머에서 "그러네" 하고 여유롭게 미소 짓는 숙소 주인도 친절함으로 가득했습니다.

"하지만 뭐, 어쩔 수 없어. 이 나라 사람들은 비싼 데 몰려드는 습성을 갖고 있거든."

어깨를 으쓱인 숙소 주인은 이어서.

"이 나라 사람들이 전부 부자라는 건 알고 있지?"

그렇게 물었습니다.

그래서 나는 고개를 끄덕였습니다.

그리고 언니는 내 주머니에서 팸플릿을 꺼내며 "이걸 봤습니다" 하고 대답했습니다.

가게 주인은.

"이 나라에 사는 사람들은 말이지, 돈을 많이 갖고 있다 보니 보통 사람들보다도 더 비싼 걸 갖고 싶어 하는 거야."

다른 것과 비교해 금액이 비싸다는 것은 그만큼 특별한 무언가가 있다는 것입니다.

그저 특별한 가격이라는 사실이 특별한 계급에 있는 그들의 구매 욕구를 자극하는 것일 테지요.

"그래서 비싸고 특별한 것을 만들기 위해서, 예를 들면 청과점은 품을 들여 정성스럽게 과일과 채소를 만들고, 정육점은 비싼 고기의 희소한 부위를 취급하고 싶어 해. 화장품 가게도 귀한 재료를 쓰고 특별한 연출을 하지. 그게, 그렇게 하는 편이 특별한 것이라고 느껴지잖아?"

"그리고 소비자들이 전부 몰려든다는 건가요⋯⋯?"

숙소 주인은 내게 고개를 끄덕여 보였습니다.

"비싼 것에는 그만큼의 이유가 요구되는 거야."

말하길.

요즘은 특별하게 시간을 들였다든가, 특별한 재료를 썼다든가, 그런 이유만으로는 팔리지 않게 되어가고 있다고 합니다.

"말하자면 요정의 모습을 흉내 낸 화장품 같은 게 좋은 예지. 그 가게에서 취급하는 화장품은 분명 품질도 좋지만, 그런 요정이 나오는 연출을 더하기 전까지는 전혀 팔리지 않았거든."

아무리 물건 자체가 좋아도, 누구의 기억에도 남지 않을 법한 수수한 모양이어서는 의미가 없어——라고 숙소 주인은 말했습니다.

"그게 속임수든, 꼭 필요한 것이든, 사람들은 남의 눈에 띄는 것에는 그에 상응하는 이유도 원하는 거야."

분명 그러한 이유로, 요정의 모습을 한 화장품이 만들어진 것일 테지요. 화려한 겉모습은 가격이 비싼 이유를 받아들이기 쉽게 합니다.

그리고 이러한 상황은, 바꿔 말하자면, 싼 물건을 속여 팔려 하는 분들에게는.

"아무리 내용물이 조악한 물건이라고 해도, 겉 포장이 좋으면 속아서 사는 인간이 나타난다는 뜻이기도 하군요."

"그리고 그런 상품이 잘 팔리는 거지."

숙소 주인은 한숨을 내쉬었습니다.

"요즘은 그런 사기도 횡행하고 있나 봐"라고도 했습니다.

이 나라는 평균 소득이 높은 나라입니다.

화려한 것을 싫어하고 소박하고 조용한 생활을 바란다면서, 겉이 번지르르한 상품에서 가치를 찾고 있다니. 참으로 얄궂은 이야기입니다.

"그나저나, 새삼스러운 이야기입니다만, 이 나라의 내정을 여행자에게 그렇게까지 자세히 이야기해버려도 괜찮은가요?"

그렇게 언니는 두 사람분의 1박 요금을 내면서 물었습니다.

숙소 주인은 익숙한 손놀림으로 돈을 받으며 방 열쇠를 언니의 손에 조심스럽게 올려놓고 "그럼, 딱히 상관없어"라며 웃음 지었습니다.

그리고 이어서 말해주었습니다.

"싼 데에도 이유는 요구되는 법인걸."

——아아…… 이 무슨 일인가……!

——어째서 이런 일이 벌어지고 만 거야……!

——부탁입니다……! 부디 그녀를…… 저 아이를 구해주세요……!

마을 어른들이 한 남자에게 매달렸습니다.

빈틈없어 보이는 검은 의상을 몸에 걸치고 의연하게 선 남자의 이름은 헨릭. 체격은 다소 가늘고, 나이는 20대 중반 정도.

젊은 퇴마사인 그는 마을 사람들에게 부드럽게 미소 지어 보였습니다.

"맡겨주세요."

반드시, 내가 그녀를 구해내겠습니다——라고.

눈앞의 가련한 소녀를 구할 수 있는 것은, 그밖에 없었습니다.

"아…… 으으……."

의자에 묶인 소녀는 빛을 잃은 공허한 눈동자로 헨릭을 바라보고 있었습니다. 제대로 된 말을 하는 일도 없이, 때때로 입에서 새어 나오는 것은 너무나도 기분 나쁜 신음뿐.

그곳에 소녀의 의식은 없었습니다.

그녀는, 악마에 씌었던 것입니다.

"으으…… 으……."

헨릭을 노려보는 소녀.

눈앞에 있는 청년이 자신을 퇴치하기 위해 마을을 찾은 퇴마사라는 사실을 눈치챈 것일까요? 그 눈동자에는 분노와 증오와도 같은 위압감이 깃들어 있었습니다.

"……윽."

청년은 등줄기가 서늘해졌습니다.

매년 봄이 되면 이 마을에서는 악마가 나온다고 합니다.

발단은 4년 정도 전.

오늘 같은 봄날에, 마을 소녀에게 악마가 씌었다는 상담을 받고 헨릭의 선배인 퇴마사가 방문했던 것이 시작이었습니다. 그이후 매년 이 시기가 되면 마을의 소년 소녀 중 몇 명이 악마에 씌고, 선배 퇴마사도 역시 매년 마을을 방문해 악마를 퇴치했습니다.

올해는 헨릭이 그 역할을 맡게 되었던 것입니다.

"…………."

이 마을에 매년 출몰하는 악마에 관해서는 선배 퇴마사에게 한 가지 조언을 받았습니다.

──이 마을의 악마는, 다른 것들과는 달라. 조심해.

매년 마을에 다녀온 선배 퇴마사는 만신창이 그 자체였던 것을 헨릭은 잘 기억하고 있습니다.

그런고로 그는, 눈앞의 소녀를 내려다보며.

"이, 이 얼마나 사악한 눈을 하고 있는가……!"

등줄기가 얼어붙었습니다.

청년을 노려보는 소녀의 눈에서는 지금까지 대치해온 어떤 악마보다도 사악한 기운이 넘쳐흘렀고, 위험한 분위기가 있었습니다. 마치 악마에 씌기 전부터 마음 깊숙한 곳에서 악마를 키워왔던 것처럼.

단 한순간도 방심해서는 안 됩니다.

"이 사람의 이름은 뭡니까?"

헨릭은 마을 사람들에게 물었습니다.

주변에서 슬퍼하던 마을 사람들은 서로 얼굴을 마주 보고, 침묵하고, 그리고 의자에 묶여 있는 소녀를 바라보고, 불쌍히 여겼습니다.

아름다운 잿빛 머리카락. 유리색 눈동자의 소녀. 여전히 의자 위에서 "아" "으"라고 말하며 남자를 올려다보는 그녀는 플레어 스커트 원피스를 입고 있었고, 입만 다물고 있으면 그럭저럭 기품 있는 소녀로 보였습니다. 혹은 인형처럼도 보였습니다.

그러나 악마에 씌어 흉한 표정을 짓고 있는 탓에 아름다운 그 얼굴도, 봄에 맞춘 사랑스러운 옷차림도 아무 의미가 없었습니다.

"아아…… 으."

그나저나, 그런 불쌍한 그녀는 대체 누구일까요?

마을 사람 중 하나가 헨릭 씨에게 답했습니다.

"일레이나라고 합니다."

"일레이나인가요. 그렇군요."

그럼 그 일레이나란 대체 누구일까요?

말할 것도 없습니다.

그렇습니다. 저입니다.

○

제가 그날 찾아간 곳은 산골짜기의 작은 마을이었습니다.

이 주변 지역에서는 도적 같은 게 나오는 일이 거의 없는지, 마을은 평화로운 분위기로 넘쳐흘렀습니다.

밖과 마을을 나누는 울타리는 없었고, 나무들이 우거진 길을 빠져나간 곳에 펼쳐진 것은 아름다운 녹음 속에 옹기종기 모여 있는 목조 주택들. 시선을 위로 올리자 눈에 살짝 덮인 웅대한 산줄기가 이어져 있는 것이 보였습니다.

숨을 들이쉬면 기분 좋은 봄의 공기가 가슴 가득 채워졌습니다.

쾌청한 하늘 아래 펼쳐진 것은 그런 멋진 곳이었습니다.

"좋은 경치네요……."

소문에 따르면 제가 오늘 방문한 이 마을은 크기는 작지만 매년 상당히 많은 관광객이 찾아온다고 합니다. 특히 초봄인 이 시기가 가장 인기 있다는군요.

뭐, 이렇게나 경치가 아름다우니 납득이 될 수밖에 없습니다.

자연의 은혜를 받은 아름다운 정경에 넋을 잃은 채 저는 마을 입구에 다다랐고, 빗자루에서 내려 걷기 시작했습니다.

이 마을에는 1층짜리 작은 집이 대부분인지, 잡초를 뽑았을 뿐인 최저한의 포장만 된 길가에 늘어선 것은 전부 소박한 민가였습니다.

소박한 민가였기에, 스쳐 지나가는 길에 살짝 창문 쪽으로 시선을 돌리면 주민의 생활이 그대로 보일 정도였습니다.

"…………?"

그러나, 왠지 기분이 나빴습니다.

길에 늘어선 민가에 사람의 모습은 보이지 않았습니다.

심지어 거리에도 아무도 없었습니다. 아무도 안 사는 것은 아닌 것 같습니다만—— 어디 외출이라도 한 것일까요? 마을 사람 전원이?

저는 거리 이곳저곳을 바라보며 창문을 살피면서 걸었습니다.

남이 보면 조금 수상쩍게 여길 것 같지만, 애초에 저를 보는 남이 없으니 다소 무례해도 괜찮을 테지요.

마을에 도착했으니 우선 숙소를 찾고 싶은 바입니다만, 물어보려 해도 사람이 없어서 곤란하군요.

그것참, 그 후로 몇 분 정도 지났을 무렵일까요?

"어라?"

걸음을 멈추었습니다.

빨간 과일 몇 개가 열린 한 그루의 나무에 바싹 붙듯이 세워진 오래된 민가가 그곳에는 있었습니다.

창문으로 힐끗 안을 들여다보니 어른들이 뭔가 심각한 얼굴을 하고 이야기를 나누는 모습이 보였습니다.

아무래도 마을 사람들은 여기에 모여 있었나 보군요.

"…………."

그리고 예의 없이 안을 들여다보기 시작한 지 몇 초 후.

마침 창 너머에서 어깨를 으쓱이며 곤란해하던 남성이 갑자기 이쪽으로 고개를 돌렸습니다.

"…………."

즉, 들여다보던 것을 들키고 말았다는 뜻입니다.

남성은 저와 눈이 마주친 순간 허둥지둥하며 창 너머에서 사라지고 말았습니다.

그런가 싶더니, 직후에 부엌문 쪽에서 그 남성이 나타났습니다.

"자네, 혹시 여행자인가?"

숨을 몰아쉬며 그런 대사와 함께.

"어, 아, 네…… 그렇습니다만."

그러고서 저는 저기, 숙소가 어디에 있는지 아시나요? 하고 말을 이을 셈이었습니다만. 민가에 마을 사람이 집결해 있는 이유에 관해서는 딱히 언급하지 않는 방향으로 이야기를 이끌어갈 예정이었습니다만.

그러나 남성 쪽이 입을 여는 것이 빨랐습니다.

"그래, 그럼 잠깐 와주게! 어서, 서둘러!"

그리고 다소 강제적이었습니다.

척 보기에도 평범한 분위기는 아닙니다.

무언가 예상외의 사건이 이 집에서 일어난 것은 명백했고, 누구라도 좋으니 뭐든 힘을 빌리고 싶은 상황인지도 모릅니다.

"네에……."

무슨 상황인지 잘 모르면서도, 그렇게 머릿속으로 억측만을 계속하면서 저는 남성이 이끄는 대로 민가로 들어갔습니다.

그 앞에 지옥과 같은 광경이 펼쳐져 있다는 것도 모른 채.

〇

　민가 안에서는 여러 어른이 한 소녀를 둘러싸듯 모여 있었습니다.

　마을 사람이 말하길, 소녀는 이 집의 따님이며 언제나 밝고 기운차고 아주 상냥한 소녀라고 합니다.

　"우으으으으아…… 아아아아아……!"

　의자에 묶여 아으아으 하고 신음하며 긴 금색 머리카락을 휘젓고 있지만, 평소에는 아주 착한 아이라고 합니다.

　이 집의 부모는 손을 맞잡고 슬픔에 잠겨 말했습니다.

　"이 아이는 언제나 밥을 남기지 않고 먹는 착한 아이예요……."

　"으아아……."

　마을 사람이 내민 과일을 줄줄 흘리는 따님.

　"마을 어르신에게도 아주 친절하고……."

　"퉤!"

　부모 바로 뒤에 선 노인을 향해 침을 뱉는 따님.

　"그런데 오늘은 아침부터 상태가 좀 이상해서——."

　"으아아!"

　다가오는 자 모두를 노려보는 따님.

　"과연, 그렇군요."

　반항기치고는 상당히 공격적이로군요.

　그렇게 저는 적당히 고개를 끄덕였습니다. 아무래도 일련의 소동으로 마을 사람들은 여기에 모여 쩔쩔매고 있던 모양입니다.

　그러나 아무리 사람이 많이 모인들 갑자기 인격이 변한 것처럼 날뛰기 시작한 따님을 진정시킬 방법을 그들은 갖고 있지 않았고, 결국 의자에 묶어두는 정도의 대처법밖에 없었다고 합니다.

그러던 때에 여행자인 마녀가 창밖에서 안쪽을 살피고 있는 것을 보고 안으로 불러들인 것일 테지요.

"어떻게 안 되겠습니까?"

이 집의 주인은 제게 빌듯이 물었습니다.

"어떻게라고 하신들……."

저는 소녀를 내려다보았습니다. 아으아으 하고 고개를 흔들던 그녀는 저와 시선이 마주친 순간 "퉤!" 하고 제 얼굴을 향해 침을 뱉었습니다.

"웃차."

저는 확 피했습니다.

"틀림없어. 이건 악마의 소행이야……."

참으로 촌장다운 풍모의 어르신은 다 안다는 얼굴로 그렇게 말했습니다. 실로 진지한 표정이었습니다. 침이 묻어 있습니다만. 제가 피한 탓에 맞았나 봅니다. 죄송합니다.

"……전에도 이러한 일이 있었습니까?"

악마의 소행이라고 단언할 정도이니, 뭔가 근거가 있을 테지요.

"그래. 그 말대로네."

촌장님은 자신의 뺨에 묻은 침을 닦았습니다.

"우리 마을에서는 매년 이 시기가 되면 악마가 마을 사람의 몸에 씐다네. 작년에도 재작년에도 그전에도, 악마에 씐 마을 사람이 날뛴 적이 있었지."

"흐음."

"그렇기에 우리 마을에서는 매년 악마에 씐 마을 사람이 나올 때면 봄이 찾아온 것을 느낀다네……."

"아, 그렇습니까……."

마을 사람들도 이런 사건으로 봄을 느끼고 싶지는 않을 텐데요.

"어째서 이런 일이……!"

이 집의 주인은 한탄했습니다.

하지만 한탄하며 슬퍼한들 따님에게 씐 악마가 사라지는 것도 아닙니다. 여전히 아으아으 하며 고개를 흔드는 따님은 공허한 눈동자를 이리저리 굴리고 있었습니다.

참고로 지금의 그녀는 다가오는 자나 눈이 마주치는 자가 있으면 곧바로 침을 뱉는가 봅니다. 아까도 저를 향해 뱉었습니다.

"…………."

그리고 지금도 눈이 마주쳤습니다.

"퉤!"

뱉었습니다.

"웃차!"

피했습니다.

"…………."

촌장님이 말없이 뺨에 묻은 침을 닦았습니다.

"아무튼 곤란하다네……."

"그렇겠군요……."

관광객이 많은 시기이건만 이런 사태에 빠져서는 이 마을의 앞날이 위태로울 테지요. 아름다운 정경에 둘러싸인 이 마을에 사람이 접근하지 않게 되는 일은 없었으면 합니다.

"퉤!"

"웃차!"

관광객에게 태연하게 침을 뱉는 그런 마을이 되는 일도 없었으면 합니다.

그렇다고 한다면.

"혹시 괜찮다면, 제가 해결할까요?"

여행자로서, 한 명의 마녀로서, 저는 제안했습니다.

"그녀를 원래대로 되돌리면 되는 거죠?"

아마도 가능하리라고 생각합니다, 하고 저는 말했습니다.

"정말입니까……?!"

바라 마지않던 제안이었을 테지요.

이 집의 주인을 필두로 마을 사람들은 술렁였고.

그리고 촌장님도 눈을 동그랗게 뜨면서 "그래 준다면 감사하지요……! 내가 뭔가 할 수 있는 일이 있겠습니까?" 하고 물었습니다.

할 수 있는 것 말인가요.

저는 촌장님의 뺨을 바라보며 말했습니다.

"일단 침을 닦아주시길 바랍니다."

○

악마에도 다양한 종류가 있으니, 전부 똑같지는 않을 테지요.

저도 지금까지 악마라고 불리는 존재와 만났던 기억이 있습니다만, 그중에는 사람의 몸에 빙의하는 종류의 악마도 있다고 합니다.

그리고 일반적으로 사람 몸에 씐 성가신 악마를 퇴치하는 것을 생업으로 삼는 인간을 퇴마사라고 부릅니다.

저는 그다지 이 퇴마사라는 직업에 관해서는 밝지 않지만, 그들이 피해자에게 씐 악마와 대치할 때는 대략 다음과 같은 순서를 밟는다고 합니다.

우선 의자에 묶인 피해자 앞에 서서 "이 사람의 몸에서 나가라!" 하고 호통을 칩니다. 화가 난 악마가 피해자의 몸을 써서 이번에는 퇴마사에게 호통치고, 이렇게 두 사람의 싸움이 막을 올립니다. 가는 말에는 오는 말.

"어서 나가!" 하고 퇴마사가 소리치면 "시끄러워 죽여버린다!" 하고 악마는 침을 뱉습니다. 그 관계성은 마치 퇴거를 요구하는 업자와 안에서 버티는 주민 같습니다.

말만으로는 나가지 않으리라는 것을 깨달은 퇴마사는 악마를 괴롭히기 시작합니다. 퇴거를 부탁해도 나가주지 않는다면, 그곳을 지내기 불편한 곳으로 여기게 만들면 되는 겁니다.

퇴마사는 온갖 수단을 써서 악마를 쫓아냅니다.

예를 들면 물을 뿌리거나. 예를 들면 뺨을 힘껏 때리거나. 끝없이 시시한 이야기를 들려주거나.

아무튼 그런 식으로 수수한 괴롭힘을 실행하며 "나가지 않으면 이 괴롭힘을 영원히 계속할 겁니다"라고 협박하면 악마는 대부분 나간다고 합니다. 전에 만났던 퇴마사는 악마 퇴치 방법에 관하여 그런 식으로 설명해주었습니다.

당연하게도 저는 악마 퇴치 현장 같은 건 본 적도 없는지라, 실물 및 다른 이들은 어떻게 하는지 같은 건 알 바 아닙니다.

자, 그럼 퇴마사의 일을 복습했으니, 제가 눈앞의 소녀에게 하고 있는 일을 한번 보시죠.

"꿀꺽꿀꺽꿀꺽꿀꺽꿀꺽꿀꺽꿀꺽꿀꺽!"

소녀는 물을 마시고 있습니다.

그저 물을 마시고 있습니다.

"옳지 옳지 그렇죠. 더 많이 마셔주세요."

병을 입에 물고서 꿀꺽꿀꺽꿀꺽꿀꺽 계속 물을 마시는 소녀. 저는 그녀의 머리를 무릎 위에 올려두고서 머리를 쓰다듬으며 "잘하고 있어요" 하고 칭찬해주었습니다.

그 광경에 촌장님은.

"마녀님 이건 대체……."

상당한 기세로 당혹스러워하고 있었습니다.

"배 터지게 물을 먹이고 있습니다."

보이는 그대로입니다.

"저희가 아는 퇴마 방법과는 다른 것 같습니다만……."

"작년까지는 어떻게 했나요?"

"시간이 허락하는 한 끝없이 악마에게 호통을 쳤습니다만……."

아아, 일반적인 퇴마 방법이로군요.

"뭐, 이 아이에게는 그런 평범한 퇴마법보다 이쪽이 유효할 겁니다."

"예에……."

질려 하는 촌장님.

"꿀꺽꿀꺽꿀꺽꿀꺽꿀꺽꿀꺽꿀꺽꿀꺽!"

그런 대화 중에도 그저 한결같이 물을 마시는 소녀.

그렇게 큼직한 병이 빌 정도로 계속 마신 후.

"앗…… 나는 대체 뭘……!"

소녀는 제정신을 차렸습니다. 반짝 눈을 뜬 그녀에게 조금 전까지의 험악한 분위기는 없었습니다.

낮게 신음하며 놀라는 마을 사람들의 모습에 당황한 듯 주변을 둘러보는 그녀는 침을 뱉지도 않았고, 노려보지도 않았습니다.

촌장님이 사정을 이야기하자 그녀는 눈을 크게 떴습니다.

"저기……? 악마……? 나, 악마한테 씌었던 거야……?"

조금 전까지의 행동에는 자각이 없는 것일 테지요. 그저 여자아이는 당혹스러워할 뿐.

뭐, 아무튼.

"해결한 것 같네요."

저는 일을 하나 끝낸 성취감으로 가슴을 채웠습니다.

"마녀님, 대체 어떤 마법을 쓴 겁니까?"

촌장님은 당혹스러움을 감추지 못했습니다. 작년과 재작년에 비하면 너무나도 간단한 해결 방법이었으니, 뭐 당연하다고 하면 당연할지도 모릅니다.

저는 창가로 다가가 밖을 바라보며 말했습니다.

"애초에, 저 아이는 악마에 씌었던 게 아닙니다."

마당에는 빨간 열매들이 매달린 나무 한 그루.

여행자로서 여러 나라를 오가다 보면 기억에 남을 만한 신기한 것도 얼마든지 보게 되는 법입니다. 마당에 있는 나무도 과거에 본 적이 있는 것이었습니다.

"다른 나라에서 저 나무는 악마의 나무라고 불리고 있습니다."

들은 바에 따르면 봄 무렵이 되면 나무에 열린 붉은 과일은 매우 달고 맛있어진다고 합니다. 그런데 어째서인지 그중에는 딱 하나, 독이 든 과일이 섞여 있다고 합니다.

독이 든 과일은 겉보기엔 다른 과일과 완벽하게 똑같습니다. 유일하게 다른 점은, 먹으면 금세 "아"라느니 "으"라느니 하는 말밖에 할 수 없게 되고, 다가오는 자 모두에게 침을 뱉게 된다고 합니다.

달고 맛있는 과일로 유혹하며, 이 악마의 나무는 그러한 위험한 과일도 섞어두는 것입니다.

그야말로 악마의 달콤한 덫이로군요.

"정원에 저 나무가 있는 시점에서, 아마도 그런 사정이리라고 생각했습니다."

독이 든 과일을 먹고 말았을 때는 계속해서 물을 마셔서 중화할 수 있습니다. 몸 안의 독을 옅게 만드는 겁니다.

참고로 내버려 둬도 몸에서 독이 배출되면 원래대로 돌아갑니다.

요컨대 퇴마사가 장시간 대치하며 끝없이 호통을 쳐도 당연히 피해자는 제정신으로 돌아온다는 뜻이기도 합니다.

"그럼 악마는 존재하지 않는다는 겁니까……?"

"네."

마당의 나무를 악마라고 부르는 풍습이 있다면 또 다른 이야기입니다만.

"이 무슨……!"

촌장님은 털썩 무릎을 꿇었습니다.

"뭐, 악마의 정체란 그런 거죠."

망령의 정체가 말라버린 억새였다거나 하는 이야기도 자주 듣곤 하니, 믿음이란 상황을 복잡하게 만들기도 합니다.

이 마을에서도 그러한 믿음이 만연한 결과, 그저 과일로 인한 중독을 악마라고 착각해서 쓸데없는 노력을 들인 데다가, 피해자의 회복을 늦추고 말았던 것일 테지요.

"이 무슨, 일인가……."

몇 년간 믿어 의심치 않았던 사건의 진상에 촌장님은 그저 고개를 떨굴 뿐이었습니다.

"이미 벌써 퇴마사를 수배해놓았건만……."

아, 그쪽입니까?

그보다 상당히 빠르게 수배를 했군요?

"이대로는 취소 수수료를 물게 될 거야……."

상당히 현실적인 부분을 고민하고 계시는군요.

그렇게 저는 의아해하며 미간을 좁혔습니다. 그리고 그때부터 마을 사람들의 분위기가 서서히 이상한 방향으로 기울어 가는 것을, 저는 느꼈습니다.

술렁술렁, 회복한 소녀를 내려다보며 제각기 이야기했던 것입니다.

"어이, 이거 어떡하지……?" "큰일이야……." "아니, 그거 악마가 아니었다고?" "어쩌지……." "우리는 벌써 이것저것 준비해버렸는데……." "우리도……."

무언가 불온한 분위기가 감돌기 시작했습니다.

뭡니까? 뭔가 제가 좋지 않은 짓을 해버린 것 같은 분위기가 아닙니까?

"마녀님, 그……."

몹시 난처한 듯이 소녀의 아버지는 제게 물었습니다.

"저기, 실은 아직 딸에게 악마가 씌어 있다든가, 그런 전개는 없는 겁니까……?"

네……?

"아니, 없다고 봅니다만……."

"그럼 퇴마사는……."

"필요 없다고 봅니다만……."

아니 정말로 묘한 분위기로군요.

"뭐?! 그럼 잘생긴 퇴마사한테 악마 퇴치를 받지 못하는 거야? 안 돼!"

심지어 방금 막 부활한 따님까지 어른들의 이야기에 끼어들어 몹시 곤란해하고 있을 정도였습니다.

뭐가 뭔지 저로서는 전혀 알 수 없었지만, 그러나 어쩐지 매우 안 좋은 예감이 드는군요.

"마녀님."

촌장님은 당혹스러워하는 제게 참으로 면목 없지만, 하고 말을 꺼냈습니다.

"사실대로 말하자면, 우리 마을에서는 퇴마사가 벌이는 악마 퇴치를 이벤트로 취급하는 측면이 있어서……."

"엑?"

말하길.

오락거리가 부족한 이 마을에서 퇴마사에 의한 악마 퇴치라는 것은 귀한 이벤트인지, 최근 들어서는 이미 연례행사로 변해가고 있다고 합니다. 그런고로 악마에 씐 소녀가 나타난 순간 이웃 나라에 퇴마사를 의뢰했다고 합니다.

"덤으로 올해 담당하는 퇴마사는 상당한 미남이라서 말이죠. 마을 여자아이들도 기대하고 있었답니다. 심지어 악마에 씐 아이는 행운이라는 말까지 들었을 정도지요."

"네에……."

그런 걸…… 이제 와서 말씀하신들…… 곤란할 뿐입니다만…….

"게다가 요즘은 이 악마 퇴치 이벤트가 마을의 수입도 되고 있는지라……."

"그 말은 봄 시기에 관광객이 많은 게."

"악마 퇴치를 보기 위해섭니다."

"이 무슨."

그만 무심코 말이 거칠어지고 말 정도로 충격적인 사실이 밝혀지고 말았습니다.

즉, 퇴마사를 불러오는 것은 이 마을에 큰 의미가 있는 일이었던 것입니다. 당연하게도 지나가던 마녀가 해결해도 괜찮은 문제가 아니었던 것입니다.

"설마 해결할 수 있을 줄은 몰랐습니다……." "어쩌죠…… 벌써 악마 퇴치 이벤트를 위해 이런저런 준비를 해두었는데……."
"곤란하구먼……."

그런고로 마을 사람들은 머리를 끌어안았습니다.

조금 일찍 온 관광객에게 악마에 씐 아이를 보여주려 했을 뿐인데, 설마 해결해버릴 거라고는 그들도 전혀 생각하지 못했던 것입니다.

"마녀님. 마법으로 어떻게 안 되겠습니까?"

촌장님이 제게 물었습니다.

"어떻게라는 건?"

"마법으로 다시 악마에 씐 느낌으로 안 되겠습니까?"

"악마입니까당신."

"하지만 이번 이벤트에는 이미 상당한 돈이 들어가서……."

곤란하네, 어쩌지, 같은 분위기가 퍼지기 시작했습니다. 동시에 왠지 나쁜 짓을 해버린 듯한 느낌의 분위기가 번져갔습니다.

대체로 이런 분위기가 되기 시작하면, 특히 아무런 생각도 없는 분이 잘 이해되지 않는 아이디어를 내기 시작하는 법이라.

"그렇지! 마녀님에게 악마에 씐 척을 해달라고 하면 되잖아!"

자, 이런 말을 태연하게 해버립니다. 조금 전까지 다가오는 모두에게 침을 뱉어댔던 소녀는 반짝반짝 눈을 빛내며 전혀 이해되지 않는 제안을 했습니다.

그리고 대체로 이런 식으로 한 사람이 생각을 던지면, 잇따라 산사태가 밀려오듯이 모두 하나같이 전혀 이해되지 않는 아이디어에 찬성합니다.

"오오……!" "그래, 그런 방법이 있었어!" "악마에 썬 마녀…… 먹히겠어……." "이거 사람이 꽤 몰려드는 거 아냐?" "그것참, 괜찮은데."

그렇게, 이런 느낌으로.

그것참 곤란하군요.

"아니, 저기, 싫은데요? 저 안 할 건데요?"

단호하게 거절하겠습니다. 성가신 일은 사양입니다. 아니 제 탓에 성가신 일이 되고 말았는지도 모르겠습니다만 싫은 건 싫은 겁니다.

"하지만, 마녀님. 이걸 좀 볼래? 이번 퇴마사님은 이 사람이야! 아주 잘생겼지?"

소녀는 저에게 바싹 다가왔습니다.

그녀의 손에는 사진이 한 장.

"딱히 상대가 누구든 관계없──."

그렇게 딱히 흥미를 느끼지 못한 채 시선을 사진으로 떨군 직후, 제 입은 다물어졌습니다.

과연 확실히 제법 단정한 생김새의 퇴마사가 그곳에 있었습니다. 세상에 어찌 된 일일까요.

"그렇지? 미남이지?"

"……확실히."

흠흠 하고 고개를 끄덕이는 저.

아니, 받아들일 마음이 든 것은 아닙니다만.

"만약 마녀님이 악마에 씐 척을 해준다면, 내가 조수가 돼서 보조해줄게!"

"보조란 구체적으로 어떤?"

"악마 퇴치사와 즐겁게 대화."

"그거 당신이 퇴마사분에게 접근하고 싶기 때문일 뿐이지 않습니까."

"그렇지 않아."

"그렇습니까?"

"마을에 미남이 없어서 굶주렸을 뿐."

"욕망에 충실하군요."

"기회가 있으면 연락처를 받아볼까 해."

"정말 욕망에 충실하군요."

"그리고 최종적으로는 도시의 미남을 소개받을 셈이야."

"퇴마사, 발판이지 않습니까."

"애인은 키 크고 수입 좋고 학력 좋고 나한테만 다정한 미남이 좋은데……."

"악마 같은 소리를 하는군요."

혹시 정말로 악마에 씌어버리거나 한 겁니까?

"그리고 마녀님. 말하는 걸 깜빡했습니다만."

촌장님이 저와 소녀 사이에 불쑥 끼어들었습니다.

"우리 마을에서는 악마에 씐 사람은 오히려 행운이라는 말이

전해지고 있습니다."

"오히려 행운?"

아니, 그게 뭡니까?

"악마에 씐 것 자체는 불행한 사고입니다만, 악마 퇴치라는 구제 조치도 있으니 종합적으로 보면 행운인 편이라는 이야기입니다."

"……네에……."

그러고 보니 저도 일로 점을 볼 때 결과가 너무 나쁘면 구제 조치로 러키 아이템을 소개하기도 합니다만, 그것과 같은 것일까요?

"그리고 이 마을에서는 퇴마사에 의한 악마 퇴치가 상당한 수입원이 되고 있기 때문에, 악마에 씐 사람에게는 사례로 얼마간의 돈을 지불하게 되어 있습니다."

"사례, 입니까."

과연, 돈으로 저를 낚을 셈이로군요.

제법 비겁한 수를 쓰는군요. 하지만 저도 여행자. 이 마을에는 관광을 하러 왔습니다. 아무리 돈을 위해서라고는 하나, 성가신 일에 고개를 들이미는 그런 짓은 삼가고 싶은 바입니다.

"얼마입니까?"

하지만 참고삼아 들어드리는 것도 나쁘지는 않겠지요.

뭐, 받아들일 마음은 없지만 말이지요. 거절할 셈이지만 말이지요. 굳이 말하자면 어느 정도의 돈이 준비되는지 알고 싶다고 하는 호기심이 저를 부추겼던 것입니다.

그리고 촌장님은 종이를 제게 보여주었습니다.

"대략 이 정도로——."

오호라 어디 어디.

"하겠습니다."

깨닫고 보니 저는 촌장님과 굳은 악수를 나누고 있었습니다.

아무리 퇴마사가 온다 해도 제 마음 깊숙한 곳에서 자라고 있는 더러운 악마, 가 아니라 돈의 망자는 퇴치할 수 없을 테지요.

"그럼 퇴마사는 언제쯤 올 예정입니까?"

저는 물었습니다.

마을 사람들은 서로의 얼굴을 바라보았고, 대략 내일 저녁 무렵에는 올 거라고 하는 대답이 어디선가 돌아왔습니다.

그렇다는 것은, 남은 시간은 약 하루 반이라는 말일까요?

"그럼 내일 정오까지는 제가 자유행동을 할 수 있게 해주십시오. 퇴마사에게 악마 퇴치를 당하는 척을 하기 위해서는 나름대로 준비가 필요하니까요."

"예."

촌장님은 고개를 끄덕였습니다.

"그럼, 우리는 무얼 하면 되겠나?"

해야 할 일 말입니까?

"그렇군요. 그럼 이 마을의 맛있는 식당과 숙소를 소개해주시겠습니까?"

"그건 악마 퇴치에 필요한 일인 겐가?"

아뇨 아뇨.

"그저 마을을 만끽하고 싶을 뿐입니다."

저는 애초에 이 마을에 관광을 하러 온지라.

자유행동을 만끽하는 것도 나쁘지는 않을 테지요.

○

그리고 맞이한 다음 날.

"아아…… 이 무슨 일인가……!"

"어째서 이런 일이 벌어지고 만 거야……!"

"──부탁입니다……! 부디 그녀를…… 저 아이를 구해주세요……!"

마을 사람들의 열연이 빛났습니다. 의자에 묶인 저를 앞에 두고 더는 손쓸 방법이 없다며 그들은 퇴마사 청년에게 매달렸습니다.

검은 머리카락, 빈틈없어 보이는 검은 의상을 몸에 걸친 그의 이름은 헨릭. 체격은 다소 가늘었고, 나이는 20대 중반 정도.

마을에 온 직후에 "이쪽으로" 하고 안내받아 온 그는 조금의 동요도 보이는 일 없이, 지극히 침착한 모습으로 마을 사람들에게 미소를 지어 보였습니다.

"맡겨주세요."

반드시, 내가 그녀를 구해내겠습니다──라고.

그만이, 눈앞의 가련한 소녀(완전 거짓말)를 구할 수 있는 것입니다.

"아…… 으으……."

아무래도 마녀 의상을 입고 있으면 퇴마사가 의문을 가지고 말 터입니다. 사복 차림으로, 마을의 여성진에 의해 의자에 묶인 저는 자유를 잃고, "아"나 "으"만 말했습니다.

뭐, 마녀쯤 되면 악마에 씐 연기 정도는 식은 죽 먹기랍니다.

"우으…… 으…….."

마당의 붉은 과일을 먹은 자는 다가오는 자 모두에게 침을 뱉는 인간이 되는지라, 작년까지의 악마는 아마도 퇴마사를 향해 침을 마구 뱉어댔을 겁니다. 그러나 저는 그런 경박한 짓은 하고 싶지 않습니다. 하필이면 맨정신이기도 하고요.

그런고로 퇴마사를 노려보는 정도에 그쳤습니다.

"……으."

그러나 그저 노려보는 것만으로도 효과는 엄청났습니다.

퇴마사는 뒷걸음질 치고, 그리고 전율하고.

"이, 이 얼마나 사악한 눈을 하고 있는가……!"

………….

몹시 실례인 말을 해버리는 것이었습니다.

그리고서 그는 마을 사람들에게 제 이름을 묻고, 제게 온갖 욕설을 퍼부었습니다. 이곳 일대의 일반적인 퇴마사에 의한 악마 퇴치란 말로 하는 공격입니다.

즉, 예년과 같은 악마 퇴치가 시작되었던 것입니다.

"이, 이 더러운 악마가!" 퇴마사가 호통을 쳤습니다.

"으."

일단 한 마디만 답해두었습니다.

"그녀의 몸에서 나가! 이 악마 놈!"

"아."

©Azure

"하하핫! 왜 그러지? 퇴마사가 무서워서 말도 안 나오는 것이냐?"

"으."

"네 놈, 뭔가 제대로 된 말을 한마디라도 해봐라!"

"아."

"크윽…… 어찌 된 일이지……? 전혀 반응이 없어……!"

연기를 들키는 것이 아닐까 싶어 약간 조마조마해하면서 저는 그저 적당히 맞장구를 칠 뿐이었습니다.

"역시 평범한 방법으로는 효과가 없는 건가…… 할 수 없지."

그건 그렇고, 수많은 악마와 대치하는 퇴마사는 악마와의 싸움에 대비해 다양한 도구를 언제나 늘 가지고 다닌다고 합니다.

퇴마사 헨릭 씨는 제게서 일단 멀어지더니, 커다란 가방을 들고 돌아왔습니다.

아무래도 퇴마사의 비밀 병기들은 그 안에 담겨 있는 모양입니다.

"후후후. 악마야, 이게 보이나?"

헨릭 씨는 가방 안에서 병을 꺼냈습니다. 고상하고 비싸 보이는 라벨이 붙은 병 안의 물은 그가 일하는 조직에서 만든 특수한 물이라고 합니다. 악마에 씐 자의 몸에 뿌림으로써 엄청나게 불쾌한 느낌을 준다고 합니다.

저는 힐끗 마을 소녀에게 눈짓을 했습니다. 미남과 가까워져서 미남을 소개받고 싶다고 하는 속셈으로 가득하다고 하는 탐욕스러운 이유만으로 제 조수로 나선 그녀입니다.

곧바로 그녀는 저희 사이에 끼어들어 퇴마사에게 소곤소곤 귓속말을 해주었습니다.

"어? 젖는 건 안 돼? 그렇습니까……."

옷이 젖는 것은 싫으니 다른 방법으로 부탁드리고 싶습니다.

"그렇다면 이건 어떠냐!"

높다랗게 외치며 가방에서 꺼낸 것은 쇠 막대기. 말하길 악마에 씐 자의 몸을 흠씬 두드려주고 악마에게 고통을 주어 몸에서 쫓아내는 도구라고 합니다. 저는 빈틈없이 마을 소녀에게 눈짓을 했습니다.

"어? 아픈 것도 안 돼? 그렇습니까……."

다른 방법으로 부탁드립니다.

"그렇다면 독특한 냄새가 나는 향은 어떠냐."

조금 독특한 타입의 냄새가 나는 향은 악마를 못살게 구는 데 최적이라고 합니다. 다만 이건 평범한 인간에게도 불쾌함을 주는 양날의 검. 그리고 저는 평범한 인간인지라 당연하게도 마을 소녀에게 눈짓을 했고.

"어? 냄새나는 것도 안 되는 겁니까……?"

역시 다른 방법으로 부탁드리고 싶은 바입니다만.

"저기, 반대로 묻고 싶습니다만 어떤 방법이어야 괜찮은 겁니까……?"

아무래도 세 번이나 거부당하자 퇴마사는 조금 경계하기 시작했습니다.

"참고로 달리 어떤 방법이 있는지요?"

마을 소녀는 지극히 냉정하게 물었습니다.

어제까지 침을 뱉어대던 모습은 어디에서도 찾아볼 수 없었습니다. 심지어 "미남이랑 얘기할 수 있어! 아자!"라며 기뻐하던 모습도 전혀 찾아볼 수 없었습니다. 분위기에 맞춘 것인지, 지극히 건조한 분위기를 만들어내고 있었습니다.

"그게……."

당황하면서 부스럭부스럭 가방 안을 뒤적이는 퇴마사 헨릭 씨.

"지루한 책을 읽어준다든가 하는 걸까요……."

"과연."

소녀가 힐끔 저를 바라보았습니다.

"어쩌려나요."

"으."

고개를 젓는 저.

"안 된다고 합니다."

"예……?"

"욕설만으로 부탁드립니다."

"예……?"

당혹스러워하는 퇴마사.

의자에 묶여 앉아 있어야 하는 것만으로도 상당히 고통스럽건만, 이 이상 이상한 짓을 당한다면 제 스트레스가 한계에 달하고 맙니다. 가능한 한 원만하게 끝내준다면 감사하겠습니다.

"그럼 욕설만으로 해보겠습니다……."

힘이 빠져 녹초가 되었지만, 청년 퇴마사 헨릭은 일어서서 다시 저와 대치했습니다.

손을 뻗으면 닿을 듯한 거리까지 제게 다가온 그는.

"이 악마 놈!"

그렇게 소리쳤습니다.

"아으."

조금 귀찮기는 했지만, 저는 표정을 죽인 채 말이 되지 않은 말을 내뱉었습니다.

연기가 들키는 것은 아닐지 조금 조마조마해하며, 저는 그저 적당히 맞장구를 쳐줄 뿐이었습니다.

자.

그나저나.

아무래도 욕설만으로는 말할 레퍼토리가 줄어들고 마는군요. 어쩌면 주변의 마을 사람들과 관광객들이 수상쩍게 여길지도 모릅니다.

그러니.

"조금 더 과격한 말을 써도 괜찮습니다."

아무에게도 들키지 않게, 몰래 저는 그에게 말을 걸었습니다.

"정말입니까? 알았습니다."

작은 목소리 답하며 눈앞의 남자는 고개를 끄덕였습니다.

그의 연기가 들키는 것은 아닐지 조금 조마조마해하며, 저는 그저 적당히 맞장구를 쳐줄 뿐이었습니다.

○

지금으로부터 몇 주 정도 전의 이야기입니다.

"아아, 불안해…… 불안해……."

어느 한 나라의 거리에서.

검은 복장을 몸에 걸친 그는 커다란 짐을 끌어안고서, 바닥을 바라보며 비척비척 걸었습니다.

"대체 나는 어떻게 하면 좋을까……."

마치 악마나 무언가에 씐 것처럼 청년의 걸음에는 패기가 없었고, 때때로 새어 나오는 한숨은 영혼마저 입에서 새어 나올 만큼 깊고 무거웠습니다.

어라라?

"뭔가 곤란한가 보군요."

불쑥, 그의 걸음을 한 마녀가 막아섰습니다.

"……누구신가요?"

패기 없는 눈동자가 이쪽을 들여다봅니다.

어흠, 하고 꾸며낸 것처럼 헛기침을 하면서 저는.

"지나가던 점술사입니다."

그렇게 말했습니다.

여행 도중, 드물게 성실하게 점을 쳐서 돈을 버는 날이 제게도 있었습니다.

"괜찮다면 당신의 운세, 점쳐 드릴까요?"

퇴마사인 그와 만난 것은, 바로 그런 식으로 제가 드물게도 성실하게 점을 보는 일을 하고 있던 때였습니다.

"그래서, 무얼 점쳐 드릴까요?"

길가에 만든 즉석 테이블을 사이에 두고 마주 앉아 물었습니다.

그는 침울해하면서도 이야기해주었습니다.

"……실은 저, 퇴마사 일을 하고 있는데…… 이번에 엄청나게 위험한 일을 맡아야만 하게 된 모양입니다……."

"오호라."

말하길, 수년 전부터 근처 마을에 거의 매년 매우 성가신 악마가 출몰하고 있으며, 올해도 아마 조만간 마을에서 요청이 올 것은 틀림이 없다고 합니다.

그리고 올해는 그가 마을에 가는 역할을 담당하게 되었다고 합니다.

"작년까지는 제 선배가 맡았습니다만…… 타이밍 나쁘게도 선배는 지금 육아 휴직 중이라 없습니다……."

"그렇군요."

사내 복지가 확실한 좋은 직장이로군요.

"그래서 올해는 제가 담당하게 되었습니다만…… 예의 마을에 관해서는 안 좋은 소문만 들었습니다——."

그가 선배에게 들은 이야기로는, 예의 마을에 출몰하는 악마는 어떤 말을 던져도, 어떤 강제적인 방법을 써도, 꿈쩍도 하지 않는다고 합니다.

"그저 『아』나 『으』 같은 말만 한답니다."

작년까지 담당했던 선배 퇴마사분은 예의 마을에 갈 때마다 녹초가 되어 돌아왔고, 그런 모습을 보아왔기에 그는 가기 전부터 매우 부정적인 상태가 된 모양이었습니다.

곤란한 일이로군요.

"사례는 믿을 수 없을 정도의 금액을 주는가 봅니다만……. 그런 만큼 엄청나게 힘든 모양이라……."

뭐, 요컨대 마을에는 가고 싶지 않다는 말이로군요.

"솔직하게 이야기해서 돈만 받고 적당히 일하다 돌아올 수 있다면 최고일 텐데 말이죠."

"그렇습니까. 지나치게 솔직하군요."

"날마다 악마를 상대하고 있자면 마음이 피폐해져 가는 법입니다……."

후후후, 하고 힘없이 웃는 퇴마사.

"그래서 결론은, 무얼 점쳐 드릴까요?"

저는 고개를 갸웃거렸습니다.

"그러네요…… 일단 다다음 주쯤의 운세를 봐주시겠습니까……?"

"과연."

받아들이겠습니다. 저는 그렇게 고개를 끄덕이고, 그러고서 카드를 몇 장 뒤집었습니다. 카드 점입니다.

"어디 보자."

결과는 비교적 간단히 나왔습니다.

"2주 후의 당신 운세는 최악입니다. 어찌할 도리가 없을 만큼 최악 최저입니다."

"최저 최악……."

마치 이 세상이 끝난 것 같은 표정을 짓는 퇴마사.

"그럼 어쩔 수 없네요……. 예의 그 마을에서 의뢰가 오면 도망치기로 하겠습니다…….”

"네? 도망쳐도 괜찮은 겁니까?"

"하하하! 괜찮을 리가 없지 않습니까!"

"…………."

"하지만 뭐, 위험한 일을 하는 것보다는 나을지도 모르지요!"

이제 청년은 반쯤 될 대로 되라는 식이었습니다.

불쌍해…….

"저기…… 뭐, 그렇게 풀 죽지 마세요. 운세가 너무 나쁠 때를 대비한 구제 조치도 준비되어 있습니다."

"구제 조치……?"

"네."

"그럼 긴급히 마을에 가지 않아도 사례를 받을 수 있는 구제 조치로 부탁드립니다."

"그렇게 형편 좋은 구제 조치는 없습니다."

"어떤 종류가 있습니까?"

"평범한 러키 아이템입니다."

"러키 아이템인가요…….”

퇴마사는 조금 낙담했습니다.

"뭐, 2주 후의 불행을 막아줄 러키 아이템이 어떤 것인지 한번 보죠. 그것만 갖고 있으면, 아마도 불행한 일은 생기지 않을 테니까──."

그리고 저는 다시 카드를 뒤집었습니다.

결과.

"러키 아이템은 악마입니다."

"악마, 인가요?"

"악마를 갖고 다니면 불행해지지 않는다고 합니다."

"어쩌라는 건지."

"…………."

어쩌라는 건지, 라고 말씀하신들.

악마가 곁에 없으면 불행해진다고 하니.

"일에서 도망치면 좋지 않은 꼴을 당할 거라는 뜻이 아닐까
요……?"

그렇게.

그러한 점을 봐준 것이 지금으로부터 딱 2주 정도 전의 일입니
다만, 그것참 저의 점도 그럭저럭 맞는군요.

──하지만, 마녀님. 이걸 좀 볼래? 이번 퇴마사님은 이 사람
이야! 아주 잘생겼지?

퇴마사를 기대하며 기다리는 마을 소녀의 손에는 사진이 한 장.

제법 단정한 생김새의 퇴마사가 그곳에 있었고, 저는 몹시 놀
랐습니다.

그것은 제가 점을 봐주었던 퇴마사 그 사람이었던 것입니다.

그렇다고 한다면 이야기는 아주 빠르겠군요.

제가 이 마을에 온 지 이틀째가 되는 저녁 무렵의 일입니다.

"아아, 불안해…… 불안해…….."

산골짜기의 작은 마을로 가는 길을 홀로 걷는 청년의 모습이 보

였습니다. 검은 옷을 몸에 걸친 그는 커다란 짐을 끌어안고, 무거운 발걸음으로 마을을 향해 가고 있었습니다.

어라라?

"뭔가 곤란한가 보군요."

불안으로 가득한 그의 곁으로, 나무 뒤에서 한 여성이 불쑥 모습을 드러냈습니다.

"……! 당신은……!"

청년은 놀라 눈을 크게 부릅떴습니다.

그곳에 있던 것은 잿빛 머리카락을 부드럽게 늘어뜨리고, 검은 로브를 입고 삼각 모자를 쓴 마녀.

대체 누구일까요?

그녀는 짓궂게 웃으며 인사를 해 보였습니다.

"안녕하세요. 악마입니다."

○

즉.

마을에 도착하기 전에 헨릭 씨를 찾아서 사정을 전부 소상히 설명하고, 그에게 한바탕 연기를 해달라고 이야기를 해두었던 것입니다.

"그건 요컨대 돈만 받고 적당히 일하다 돌아갈 수 있다는 말입니까……?"

그는 흔쾌히 받아들여 주었습니다.

일단, 악마 퇴치는 마을의 일대 이벤트로 취급되고 있었으니 헨릭 씨는 그날 밤이 될 때까지 제게 욕설을 계속했고, 그리고 저는 변함없이 "아"라느니 "으"라느니 하는 말을 계속했습니다.

"네 놈은 대체 뭐냐! 악마 주제에 그런 빈약한 몸에 들어가서! 설마 네 놈은 어린아이가 취향——."

"뭐?"

"죄송합니다."

때때로 탈선하면서도, 헨릭 씨에 의한 악마 퇴치는 종합적으로 보면 성공이라고 생각될 정도로 분위기가 달아오르고 끝났습니다.

제 몸도 완벽하게 원래대로.

뭐, 애초에 악마에게 몸을 빼앗겼다든가 하는 일도 없었지만 말이지요.

"그것참, 고맙습니다. 마녀님……."

모든 게 끝났을 때 촌장님이 허둥지둥 제 곁으로 다가와 사례를 건네주었습니다.

"참으로 좋은 연기였습니다. 퇴마사님을 잘 속여주셨군요."

"뭐, 저한테 걸리면 식은 죽 먹기죠."

후후후, 하고 돈을 품에 넣는 더러운 마녀인 저.

악마에 혼을 판 기억은 없지만, 돈의 망자에는 씌어 있는지도 모르겠습니다.

아무튼, 제 몸이 표면상으로는 원래대로 돌아오기도 하여 역할을 마친 헨릭 씨는 곧바로 돌아갈 준비를 시작했습니다. 그는 사례를 받으면 서둘러 돌아가고 싶어 하는 타입의 퇴마사인 것입니다.

"이런, 벌써 가시는 겁니까?"

촌장님은 비척비척 제게서 헨릭 씨 방향으로 걸어갔습니다.

"괜찮다면 며칠이라도 묵어가십시오. 퇴마사님 덕분에 우리 마을은 도움을 받았습니다."

주로 수익 면에서.

"아니, 저는 별 대단한 일은 하지 않았습니다——."

뭐 주로 저와 연기를 했을 뿐이니까요.

"무슨 말씀이십니까! 퇴마사님이 안 계셨다면 올해 우리 마을은 끝장났을 겁니다!"

참고로 여담입니다만, 저는 퇴마사 헨릭 씨에게 사정을 자세하게 설명했습니다. 그런고로 이 마을이 최근 악마 퇴치로 한몫 벌려 한다는 사실도 당연하게 알고 있었습니다.

"내년에도 부디 잘 부탁드립니다! 퇴마사님!"

"아, 내년에도요?"

현시점에서 내년에도 악마 퇴치가 진행되리라는 것은 촌장님 안에서 이미 확정된 사항인가 봅니다. 이런 돈벌이를 포기할 수 없지, 라는 더러운 마음이 촌장님의 눈동자를 반짝이게 하고 있었습니다.

과일의 독에 의해 그저 아, 으 하고 말할 뿐인 인간을 묶어놓고, 퇴마사를 불러 악마 퇴치를 시키는 것만으로도 관광객이 오다니. 마을로서는 이렇게나 쉬운 일은 달리 없을 테지요.

그러나 바꿔 말하자면 헨릭 씨에게도 쉬운 일이라는 뜻이기도 했습니다. 연기만 하면 될 뿐이고, 사례를 듬뿍 받을 수 있고.

그런고로.

"나쁘지 않은 이야기로군요……."

"하하핫. 그렇지요? 그렇지요?"

차분하게 말을 나누면서도 촌장님과 헨릭 씨 사이에서는 왠지 모르게 음험한 분위기가 감돌고 있는 듯 여겨지지 않는 것도 아니었습니다.

그런 두 사람의 모습을 바라보며, 악마 퇴치 중에 제 조수를 담당해주었던 소녀는 한숨을 내쉬었습니다.

"하아……."

아주아주 깊은, 한숨을 내쉬었습니다.

어라라?

"연락처를 묻지 않아도 괜찮은가요?"

미남에게 미남을 소개받을 기회인데요? 하고 저는 그녀에게 악마의 속삭임을 한 마디.

그러나 그녀는 천천히 고개를 젓더니.

"어쩐지, 별로 미남 같지 않으니까, 됐어……."

깨달음을 얻은 얼굴로 그렇게 말하는 것이었습니다. 거기에 더해 "사진으로 봤을 때는 좀 더 멋졌던 것 같은데 말이지……"라며 먼눈을 하는 지경.

지나치게 기대한 나머지 낙담하고 만 것일까요?

혹은 잘생긴 그 역시도 욕망에 충실한 인간이라는 사실을 알고 냉정함을 되찾았는지도 모르겠군요.

헨릭 씨를 바라보는 그녀의 눈은 한겨울 눈처럼 차가웠습니다.

그래서 저는 그녀의 어깨에 손을 올리며, 답했습니다.

"뭐…… 실물이란 그런 거죠."

악마의 정체가 그저 과일이었던 것과 마찬가지로.

제 5 장

숲의 마녀 사야라는 것이 나를 표현하는 마녀명이며, 마법 총괄 협회란 그런 내가 소속해 있는 조직을 가리킵니다.

여행을 하면서 나라를 오가는 나는, 이 조직에서 받은 의뢰를 수행하여 보수를 받으면서 나라들을 오가고 있습니다만.

그러나 언제나 24시간 의뢰와 마주하고 있는 것은 아닙니다. 때로는 일을 쉬는 날도 있습니다.

"............."

아침, 숙소에서.

열린 채인 창에 달린 커튼이 살랑살랑 물결을 치며 흔들렸고, 창가의 화분에 나란히 자리한 꽃들의 향기와 함께 아침 바람이 방 안까지 불어왔습니다.

차가우면서도 그러나 신기하게도 불쾌하지 않게, 살며시 머리카락을 쓰다듬듯 스쳐 지나가는 바람은 나를 조용하게 깨워주었습니다.

눈을 천천히 뜨자, 밤빛을 담은 하늘.

멀리서 떠오르기 시작한 태양은 하늘에 떠도는 구름만을 붉게 물들이며 빛나고 있었습니다. 선명한 빨강과 그것을 뒤덮을 정도의 짙은 파랑이 펼쳐진 이른 아침의 하늘에 넋을 잃으며 침대에서 몸을 일으켰습니다.

기분 좋게 눈을 뜬 날이면 어쩐지 그날 하루는 일을 쉬고 느긋하게 관광이라도 할까 하는 생각이 듭니다.

기분 좋은 아침을 맞이하면, 분명 그날은 멋진 하루가 시작될 것이 틀림없습니다.

그래서 그런 날은 일하지 않고 쉬기로 정해두었습니다.

"좋은 아침입니다……."

나는 침대에서 벌떡 일어나면서 기지개를 켰습니다. 뿅 하고 자다 뻗친 머리가 함께 기지개를 켜는 기척이 느껴진지라, 나는 자신의 머리를 쓰다듬으면서 침대에서 내려섰습니다.

요컨대, 오늘은 그런 좋은 날이었던 것입니다.

○

그날, 내가 체재하던 나라 B(가칭)는 이웃 나라에서 좋은 것을 무조건 가져오고 싶어 하는 국민성을 갖고 있었고, 거리를 걸으면 다양한 경치를 볼 수 있었습니다.

동양풍 건물이거나, 벽돌로 지은 건물이거나, 회반죽이거나, 석조 건물이거나. 처마를 맞대고 늘어선 집들은 종류가 다양해서, 여러 마을에서 한 줌씩 거리의 풍경을 잘라내 붙인 것 같은 길은 걸어도 걸어도 질리지 않았습니다. 많은 문화가 뒤섞인 거리의 모습을 가리켜 항간에서는 이 나라를 문화의 솥이라고 부르고 있다고 합니다.

다양한 나라의 좋은 부분만을 잘라 온 풍경은 재미있었지만, 그러나 동시에 고민스러운 점도 있었습니다.

"어떻게 할까요……."

방에서 잠시 여유를 즐긴 후, 사복으로 갈아입고서 거리로 나간 나는 으으음, 하고 고민하며 걸음을 멈추기에 이르렀습니다.

모처럼 좋은 하루의 시작을 맞았으니 아침 식사로 무언가 먹고 싶은 기분이었습니다만, 그러나 이 나라는 많은 나라에서 문화를 받아들인 연유로 선택지가 너무나도 많았던 것입니다.

게다가 이 나라 사람들은 이른 아침에도 몹시 활기 넘쳤습니다.

거리 곳곳에서 이미 당연하다는 듯이 가게가 열려 있었고, 가게에 따라서는 긴 행렬이 생기거나 혹은 사람들이 가게 앞에 무리 지어 있었습니다.

아무래도 문화가 다양한 만큼 경쟁도 치열한가 봅니다.

"으아아……."

얼굴을 찌푸리며 내가 걸음을 멈춘 것은 어느 서점 앞. 오늘은 어린 여자아이들 사이에서 인기 있는 배우의 사진집이 발매되는 날인지 여자아이들이 꺅꺅 먹이에 몰려드는 야생 조류와 같은 기세로 가게에 몰려들고 있었습니다.

그것은 예를 들자면.

"꺄아! 멋져!" "근사해!"라며 가게 앞에서 책을 펼치고 졸도하는 여자아이이거나.

"…………." 혹은 말없이 빠른 걸음으로 떠나는 사람.

"이 사진 최고지?" "뭘 좀 아네." 가게 바로 앞에서 이야기를 시작한 사람 등등.

사진집을 산 여자아이의 반응도 다종다양했습니다. 역시 솥의 나라로군요!

"…………."

그나저나.

전혀 다른 이야기입니다만, 내가 소속한 마법 총괄 협회에서는 내 여동생인 미나도 일하고 있습니다. 나와 같은 검은 머리카락으로, 그러나 머리카락은 나보다 길었고, 그리고 꽤 예쁜 자랑스러운 여동생입니다.

사실, 그 자랑스러운 여동생도 현재 이 나라에 체재 중이라고 합니다.

참고로 내 여동생 미나는 행렬이나 인파를 싫어하고, 잘생긴 남성 같은 것에도 전혀 흥미를 보이지 않습니다. 오히려 남성을 이유 없이 싫어하는 것 같은 기색조차 때때로 보였습니다.

그러니 만약 여동생 미나가 이곳에 있다고 해도, 배우의 사진집 같은 것에는 전혀 흥미를 보이지 않을 테지요.

"아아앗…… 너무 멋져……!"

그런고로 내 눈앞에서 행복으로 가득한 표정을 지으며 지면을 데굴데굴 구르고 있는 흑발 여자아이는 아마도 여동생과는 아무런 관계도 없는 다른 사람일 테지요. 명백하게 본 적 있는 사복을 입고 있지만, 동양에서 태어난 생김새를 하고 있지만, 뭐 여기는 솥의 나라라고 하지 않습니까? 여기 사는 사람도 다종다양하다 해도 과언은 아니지 않을까요?

"최고야! 이대로 죽어버릴 것만 같아!" 허공을 향해서 외치는 그녀.

"…………."

나는 그녀를 내려다보았습니다.

"아아앗! 오늘은 정말이지 좋은 날……이……야……."

그녀의 눈이 나를 포착했습니다.

"…………."

그리고 입을 다물었습니다.

놀랍게도 보면 볼수록 그 모습은 여동생 그 자체였습니다.

"……저기, 혹시, 미나?"

머뭇머뭇하며 묻는 나.

"아닙니다사람잘못보셨습니다그럼이만."

그녀는 그대로 일어나 빠른 걸음으로 어딘가로 가버렸습니다.

뭐야, 역시 다른 사람이었군요!

아무튼, 그런 식으로 이상한 사람과 마주치기도 했습니다만, 어쨌든 나는 아침 식사를 하기 위해 가게를 찾아 걸음을 옮겼습니다.

이 거리는 넓고, 다양한 가게가 있습니다.

거리를 걷고 있자니 그리운 냄새가 났습니다. 이끌리듯 걸어가보니 인파가.

경단 가게가 있었습니다.

"이게 경단이라는 거구나! 맛있어!" "동양의 위인들이 사랑한 맛…… 사무치네……." "달아……."

최근 이 나라에서 인기 있는 저서에 경단이 소개되었다고 합니다. 영향받기 쉬운 사람이 많은 것일 테지요. 대성황이었습니다.

"고향의 맛……."

참고로 그중에는 어째선지 여동생의 모습도 섞여 있었습니다.

"미나, 뭐 하고 있는 거야?"

"아닙니다사람잘못보셨습니다그럼이만."

또다시 도망가 버렸습니다.

그리고 잠시 걷자, 이번에는 화장품 가게가 시야에 들어왔습니다.

아무래도 오늘은 아주 새로운 화장품이 발매되는 날인 모양인지, 가게 앞에는 인파가 생겨 있었습니다.

"보십시오! 이렇게 솥에 마력을 쏟아부으면, 세상에! 요정님이 나와주십니다!"

둥실둥실 솥 안에서 나타난 작은 생물은 관중 사이를 날아다니며 차례차례 입맞춤을 했습니다.

이웃 나라 A(가칭)의 셀러브리티들이 하나같이 애용한다는 소문의 이 요정님 화장품은 가격은 제법 비싸지만, 이 나라에서도 상당한 인기를 끌고 있다고 합니다.

"어째서 나라 A의 셀러브리티들 피부가 깨끗한지, 아시나요? 그렇습니다! 이 요정님이 피부를 깨끗하게 유지해주고 있기 때문입니다!"

가게에 몰려든 사람들이 여기저기에서 "대단해!" "나도 갖고 싶어!" "나도!"라고 소리쳤습니다. 마치 입맞춤 자체에 최면 효과라도 있는 건가 싶어질 만큼, 손을 드는 이들이 끊이지 않았습니다.

"나도!"

그리고 당연하다는 듯이 인파 속에는 내 여동생인 미나의 모습도 있었습니다. 요정님의 입맞춤을 빠르게 피하며 그녀는 손을 들었습니다.

"미나, 뭐 하고 있는 거야?"

"……!"

날아드는 요정님을 손으로 쳐 떨어뜨리며 이쪽을 돌아보는 미나.

"아닙니다사람잘못보셨습니다그럼이만."

어디를 어떻게 보아도 그것은 여동생 미나 본인이었습니다만, 역시 이번에도 도망쳤습니다.

그러고서 또 잠시 길을 걷다 보니, 이번에는 약간 뒷골목에 있는 서점으로 이어지는 여자아이들의 행렬이 보였습니다.

힐끔 가게 안에서 나오는 여자아이들을 살펴보니, 글쎄 그 손에는 딥한 내용의 책이 들려 있었습니다.

색다른 책을 취급하는 서점인가 보군요.

뭐, 솥의 나라이니 그런 특이한 문화도 있을 테지요──같은 생각에 잠기면서 바라보고 있으려니, 당연하다는 듯이 내 여동생이 그 가게 안에서 나타났습니다.

"아, 미나──."

그 손에는 딥한 내용의 책이 들려 있었습니다.

구체적으로 말하자면 연령 제한이 걸릴 느낌의 책이었습니다.

"…………."

나는 발길을 돌렸습니다.

"아니군요사람잘못봤군요그럼이만."

내 여동생은 파렴치한 책을 읽거나 하지 않습니다.

"잠깐, 언니."

덥석 하고 어깨를 잡혔습니다. 예상보다 센 힘으로 그녀는 내 어깨를 잡고, 그대로 나를 다소 강제로 돌려세웠습니다.

"얘기를 들어줘. 오해야."

"……미나, 괜찮아. 나, 미나가 어떤 취미를 갖고 있든지, 싫어하지 않으니까."

"넓은 마음으로 받아들이려 하지 말아줘. 오해야, 언니."

"……미나, 괜찮아. 그런 데 흥미를 가질 나이, 잖아? 어쩔 수 없지……."

"먼눈을하지말아줘언니. 오해야."

내 머리를 연령 제한이 걸릴 타입의 책으로 툭 치는 미나.

"그보다, 이런 때 부주의하게 말을 걸어오지 말아 줄래?"

정말이지, 하고 미나는 뺨을 뽀로통하게 부풀렸습니다.

"이런 때라니, 무슨 말이야?"

뭐 하는 겁니까?

"보면 알잖아? 일이야."

"아니 봐도 모르겠으니까 물어본 건데……."

"그건 내 연기가 완벽했다는 찬사의 말이네. 고맙게 받아들일게."

살랑, 머리카락을 넘기는 미나.

여동생은 거기에 더해.

"언니도 한 번쯤은 해본 적 있잖아? 미스터리 쇼퍼."

눈치가 없는 내게 미나는 어이없어하면서도 답해주었습니다.

미스터리 쇼퍼.

그것은 마법 총괄 협회 직원의 일 중 하나입니다.

뭐, 대략적으로 말하자면 미스터리 쇼퍼라는 것은 요컨대 사람들 사이에서 마법이 얽힌 사건과 사고가 일어나고 있지 않은지 몰래 확인하는 업무를 가리킵니다. 협회의 직원이라는 것이 드러나 버리면 나쁜 짓을 하던 녀석들이 자취를 감출 가능성이 큰 탓에, 기본적으로는 마법사 같지 않은 차림을 하는 것이 정석. 당연히 브로치는 뺍니다. 사복 차림이 바람직할 테지요. 여행자라는 사실도 들키지 않는 편이 좋기 때문에, 그 나라의 독자적인 문화에 녹아들어 휴일을 만끽하는 식으로 가장하면서 눈을 번뜩이는 것이 중요합니다.

즉, 여동생은 그 업무 중이라는 뜻이며.

"그만 미나가 이상해진 건가 하고 생각했지 뭐야……."

내 걱정은 기우였다는 겁니다.

그런 내게 미나는 진심으로 질린다는 표정을 지으며 고개를 늘어뜨렸습니다.

"이 나라는 여러 나라의 문화가 모여 있는 나라니까, 정기적으로 조사하지 않으면 위험한 게 간단히 나돈대. 그러니까 특이한 걸 적극적으로 사고 있을 뿐이야."

과연 그렇군요.

"그럼 아까 산 배우의 사진집도?"

"흥미 같은 게 있을 리 없잖아?" 퉤 하고 뱉어버리는 미나.

"다행이야…… 평소의 미나잖아."

"언니가 가진 내 인상은 대체 어떤 건데……."

미나는 지그시 눈을 가늘게 떴습니다.

그나저나, 모처럼의 재회입니다.

"괜찮다면, 나도 도울까? 일 말이야."

나는 그렇게 제안했습니다.

그러나 미나는 바로 단호하게 고개를 저었습니다.

"됐어. 때로는 휴식도 필요해. 언니."

"마침 지금 휴식 중이야."

"그렇구나. 참고로 나는 지금도 일하는 중이야."

"때로는 휴식도 필요해. 미나."

"걱정할 필요 없어. 쉬는 거나 다름없는 일인걸."

"그렇다면 내가 도와도 문제없지?"

그렇게 말하면서 나는 길가의, 어디에나 있을 법한 레스토랑을 가리켰습니다.

이 나라는 다양한 문화가 뒤섞인 솥 같은 나라.

"이 나라의 요리 조사, 잠시 해보지 않을래?"

그렇다면 미스터리 쇼퍼가 된 김에 요리를 만끽해도 아무런 문제도 없지 않을까요?

○

결국, 미나는 내 제안에 의견을 굽히고, 함께 레스토랑에서 식사를 하게 되었습니다.

창가 자리로 안내를 받았고, 나와 미나의 앞에 물과 메뉴판이

놓였습니다. 종업원분은 "메뉴를 결정하시면 알려주세요" 하고 고개를 숙여 보이고 우리 곁에서 멀어졌습니다.

우리가 방문한 그 레스토랑은 어디에나 있을 법한 레스토랑이면서, 그러나 이 나라다운 다양한 나라의 요리를 다루고 있었습니다. 파스타와 스테이크, 튀김에 팬케이크, 그리고 그리운 우리 고향의 요리 등등. 메뉴판은 매우 정신이 없었고, "이웃 나라에서 인기!"라든가 "그 무대에서 나온 요리!" 등등, 선전 문구가 이렇게나? 싶을 만큼 잔뜩 적혀 있었습니다.

더할 나위 없이 읽기 힘들군요.

"정말이지 이해가 안 돼."

마주 앉은 미나의 미간에는 주름이 잡혀 있었습니다.

"이 나라는 남이 추천한 것만 절찬하는구나. 남이 추천한다고 해도 그게 좋은 거라는 증명은 아닌데."

내뱉듯이 말하면서 여동생은 메뉴판을 바라보았습니다. 아침부터 인파 속에서 인기 상품을 질리도록 사대느라 지친 것일 테지요.

나는 고개를 끄덕였습니다.

"그러게."

그러나 본심을 말하자면, 이 나라 사람들의 마음도 이해되지 않는 것은 아닙니다.

"하지만, 남이 가진 건 매력적으로 보이지 않아? 그게 매력적인 사람이라면 더더욱."

예를 들면 나라 A(가칭)에는 이 나라에서는 생각할 수 없을 만한 자산을 가진 셀러브리티들이 많이 있다고 합니다. 그런 셀러브리티들이 전부 갖고 있는 화장품이 있다는 말을 들으면 신경은 쓰일 테고, 거기에 인파가 생겨 있으면 당연하게 끌려가는 법일 테지요.

"어떤 것이든, 동경하는 사람이 갖고 있는 건 그 시점에서 멋지게 여겨지는 법이야."

그렇게 타이르듯이 나는 미나에게 이야기했습니다. 하지만 그녀는,

"그런 걸까······?"라며 마음에 들지 않는다는 듯이 메뉴판을 손가락으로 더듬었습니다.

"저기, 미나. 다른 얘기인데."

"응."

"손, 예쁘네."

나는 스윽 미나의 손을 만졌습니다.

"······갑자기 뭐야."

어쩌면 흠칫했을지도 모릅니다. 미나는 깜짝 놀라면서 손을 빼고 경계심이 드러난 시선을 이쪽으로 보내왔습니다.

아니 아니 별다른 속셈은 없습니다.

여동생을 향한 추잡한 마음이랄까 속셈을 꺼내놓은 것은 아닙니다.

"봐. 아까 화장품 가게에서 요정님을 쳐냈지? 그때 요정님이랑 닿아서 손이 예뻐졌나 봐."

잠시 보았을 뿐이라 정확하지는 않지만, 그것은 아마도 마력을

요정 같은 모습으로 바꾸었을 뿐인 상품. 손에 닿은 것만으로도 효과는 볼 수 있을 테지요.

"자, 나란히 봐봐."

쭉, 나는 미나의 양손을 잡아서 당겼습니다.

나란히 보니 명백하게 요정과 닿은 손 쪽이 더 고왔습니다.

나는 이 나라에 관해 잘 모릅니다만.

"뭐, 사람이 몰린다는 건 그 시점에서 가치가 제로는 아니라는 증명은 된다고 생각해."

그러나 그것만큼은 분명하게 말할 수 있었습니다.

"…………."

미나는 양손을 내게 잡힌 채 잠시 입을 다물고, 무슨 생각을 하고 있는지 알 수 없는 무표정한 얼굴로 나를 바라보다가 이윽고.

"그럴지도 모르겠네——."

그렇게 고개를 끄덕이더니, "그나저나, 주문은 정했어?"라며 고개를 갸우뚱거렸습니다.

"…………."

"……정했어?"

"나 방금 제법 괜찮은 말을 한 것 같은 기분이었는데."

슥, 하고 손을 떼자 미나는 턱을 괴었습니다.

"응. 마음을 울리는 좋은 연설이었어."

살랑, 하고 머리카락을 넘겼습니다.

"어쩐지 전혀 울리지 않은 것 같은데."

"그래서, 주문은 정했어? 언니."

"정했어. 나는 이걸로 할래."

메뉴판을 가리키는 나.

점장 추천! 이라고 적혀 있는 지극히 무난하고 어디에나 있을 법한 메뉴였습니다.

"뭔가 다양한 메뉴가 있어서 잘 모르겠을 때는 제일 무난한 메뉴를 고르는 편이 좋다고 여행 동료한테 배운 적이 있어. 무난한 게 가장 후회할 일이 없대."

"그래."

미나는 고개를 끄덕이더니 종업원분을 불렀습니다.

곧이어 모습을 드러낸 점원분에게 나는 "이 파스타 하나!"라며 메뉴판을 가리켰습니다.

"미나는 어떻게 할래?"

그러고 보니 물어보지를 않았네? 하고 내가 묻자 그녀는.

"그러네——."

나를 한 번 바라보고서, 말했습니다.

"그럼, 언니랑 같은 걸로."

©Azure

마녀의 여행

THE JOURNEY OF ELAINA 12

제 6 장

소녀의 어머니는 잘 웃는 사람이었습니다.

좋은 아침이라고 말할 때도, 잘 다녀오라고 말할 때도, 어서 오라고 말할 때도, 잘 자라고 말할 때도. 소녀에게 어머니는 언제나 미소를 짓고 있고, 언제나 당연하다는 듯이 다정했고, 마치 태양처럼 따뜻한 어머니였습니다.

화를 내는 모습 같은 건 본 적이 없습니다. 슬퍼하는 모습도 본 적이 없습니다. 소녀의 어머니는 언제나 사랑으로 가득했습니다.

어느 날, 소녀는 그런 다정한 어머니를 올려다보며 물었습니다.

"엄마는 어째서 그렇게 다정해?"

소녀의 어머니는 "그건 네가 언제나 착한 아이이기 때문이지"라고 답했습니다.

"그럼 내가 착한 아이가 아니면 엄마는 다정한 엄마가 아니게 돼?"

소녀의 어머니는 "그럴지도 모르겠네"라며 후훗 하고 다정한 웃음을 터뜨렸습니다.

소녀는 물었습니다.

"엄마는 어째서 언제나 웃고 있어?"

소녀의 어머니는 "그건 언제나 즐겁고 기쁜 일들만 있기 때문이지"라고 답했습니다.

"그럼 즐겁고 기쁜 일들만 있는 게 아니면 엄마는 웃지 않게 돼?"

소녀의 어머니는 "그러네" 하고 웃었습니다.

멀리, 먼 곳을 바라보며 웃었습니다.

"이런 말을 한들 믿기 어려울지도 모르지만── 엄마도 있지, 예전에는 전혀 웃지 않던 시기가 있었단다."

어머니는 무릎을 꿇고 딸을 똑바로 바라보았습니다.

나이는 열 살 정도.

그다지 웃지 않았던 것도 이 정도 나이일 때였을까요── 붉은 기가 도는 주황색 머리카락을 다정하게 쓰다듬자 소녀는 "간지러워"라며 살짝 부끄러워했습니다.

소녀는 잘 웃는 아이였습니다.

생김새는 닮았지만, 자신과는 전혀 다를 만큼 미소로 가득했습니다. 이 아이의 미소를 위해서라면 무엇이든 해주고 싶다고 그녀는 생각했습니다.

"나, 엄마가 어렸을 때 얘기 듣고 싶어."

그러니 그런 사소한 바람을 들어주는 것도, 당연했습니다.

소녀의 어머니는 답했습니다.

"그래── 그럼, 잠시 옛날이야기를 해볼까?"

웃으며 답했습니다.

"그건 엄마가 아직 너랑 비슷한 나이일 무렵의 이야기."

옛날 옛날, 거짓말쟁이와 함께였던 때의 이야기입니다──라고.

○

방랑하는 여행자인 탓에 자신을 치장할 장식품에는 그다지 흥미가 없습니다.

여행자는 지나가는 비나 바람과 마찬가지로, 일일이 기억에 남을 만한 존재감을 발할 필요가 없으니, 기억되기 위해 치장하는 일에는 별다른 의미도 없습니다. 사치품 같은 건 더더욱 그렇습니다.

그래서 제가 몸에 걸친 장식품은, 예를 들자면 자신의 존재를 단적으로 표현하기 위한 상징인 마녀의 브로치이거나, 혹은 그저 받은 물건이거나, 혹은 사연 있는 수상한 물건이거나.

그런 것이 많습니다.

"으으음……."

보석 가게에서.

구멍이 뚫릴 만큼 목걸이를 노려보는 제게 가게 주인은 손으로 공기를 주물럭거리며 상황을 살폈습니다.

"마녀님, 어떠신가? 이 목걸이 같은 경우는 특히 좋은 물건이거든. 사파이어를 쓴 건데, 우리 가게에서는 가격이 싸서 말이야──."

저는 기본적으로 비싼 보석 같은 건 가지고 다니지 않는 주의입니다만.

예외도 있습니다.

방랑하는 여행자이기에 생긴 예외입니다.

나라에 따라서 물건의 가치라는 것은 재미있을 정도로 변동됩니다. 예를 들면 이 나라에서는 나름대로 싼 보석이 다른 나라에서는 제법 비싼 값에 팔린다든가, 그런 사정도 당연하게 있습니다. 싼 나라에서 사서 비싼 나라에서 팔면 당연하게도 차액만큼

벌이가 됩니다.

제가 지금 머리를 끌어안고 있는 것은, 요컨대 그러한 사정 때문입니다.

오늘 제가 방문한 이 나라는 다른 나라에 비해 보석류의 가치가 조금 낮은지, 상당히 저렴한 가격으로 가게에 진열되어 있었습니다.

그러나 저렴한 가격이라고 해도 보석이라는 사실에 변함은 없었고, 그리 간단히 살 수 있는 가격은 아니었습니다.

"이 목걸이 원래는 하나에 금화 서른 닢인데, 아가씨가 귀엽기도 하니 이번엔 서비스로 세 개에 줄게. 어때?"

그래서 이런 말도 해 오는 것입니다. 심지어 너무 싸서 조금 수상쩍을 정도입니다.

"정말입니까?"

그것참, 곤란하군요.

"하지만 제가 귀여운 건 주지의 사실이니까요……."

그보다 애초에 똑같은 목걸이를 세 개씩이나 살 필요가 없습니다…….

"그렇다면 덤도 주지. 어때?"

가게 주인은 절대 놓치지 않겠다는 듯이 물고 늘여졌습니다. 가게 안쪽으로 사라지더니, 직후에 목걸이를 또 하나 가지고 돌아왔습니다.

그럭저럭 예쁜 목걸이였습니다.

"이것도 얹어줄 테니, 어떤가?"

가게 주인은 그렇게 말했습니다.

"그건 얼마짜리 목걸이입니까?"

"가격은 붙일 수 없는 물건이지."

"…………."

"지금이라면 인심 크게 써서 이걸 두 개 얹어주지! 이거라면 어떤가?"

"…………."

예쁘기는 합니다만, 어쩐지 싸구려 물건으로 보입니다만.

"가격을 붙이지 못할 만큼 싸구려라는 가능성은 없는 거겠지요?"

"…………."

"사장님?"

그러자 가게 주인은 먼 곳을 바라보았습니다.

시원스러울 정도로 먼 곳을 응시하며 그는 부자연스럽게 헛기침을 한 번 했습니다. 그리고서.

"마녀님. 공짜보다 비싼 건 없다는 말을 알고 있나?"

그런 말을 지껄이는 것이었습니다.

어라라.

"그렇다면 너무 비싸서 저로서는 감당하기 어려우니 거절하겠습니다."

저는 손을 휘휘 저으면서 가게를 뒤로했습니다.

○

공짜보다 비싼 건 없다는 말이 있습니다.

이것은 일반적으로는 무료로 손에 넣은 것에 한해서, 나중에 지출이 더해지거나 해서 결국에는 돈을 많이 치르는 상황이 된다, 라는 교훈 같은 것을 담은 말입니다.

무료라는 말에는 달콤한 울림이 있습니다만, 이쪽의 지출이 없다는 것은 더할 나위 없이 매력적인 것처럼 여겨집니다만, 그러나 무료로 준다는 것은 돈 이외의 어떠한 이득이 상대에게 있다는 것입니다.

그리고 대체로, 그러한 이득은 돈보다도 비싸게 먹히는 법입니다.

그렇기에 공짜보다 비싼 건 없습니다.

"우물우물."

아니, 그러나 말이지요, 그러나 말입니다, 세상에 공짜로 나눠 주고 있는데도 이점밖에 없는 멋진 것도 있습니다. 무엇인지 아십니까?

"어떠신가요? 손님. 이쪽은 저희 가게의 인기 상품이랍니다."

"최고로군요. 하나 주세요."

빵 가게 앞.

시식용 빵을 우물우물 입 안 가득 베어 물고 망설임 없이 구입을 결정한 제가 그곳에는 있었습니다. 더없이 행복한 순간이로군요. 즉, 요컨대 무료로 맛있는 빵을 먹을 수 있는 데다 맛있는 빵을 살 수 있는 것입니다. 최고입니까……?

"고맙습니다! 또 방문해주세요!"

"후후후 다음에는 시식용 빵을 열 종류 준비해놓고 기다려주세요."

처음부터 끝까지 신이 난 상태로 가게를 떠나, 사람이 오가는 거리로 섞여들었습니다.

무료로 나눠준다는 것은 상응하는 이점이 기대된다는 뜻이기도 하며 동시에 무료로 무언가를 손에 넣었다면 상대방에게 어떠한 답례를 해야만 한다는 의미입니다.

"――자네는 우리에게 어떤 것을 해줄 생각일까?"

제가 빵 가게에서 나와 조금 걸었을 때, 그런 목소리가 어디선가 울려왔습니다.

"……?"

그것은 남성의 목소리였습니다. 누가 말을 걸고 있는 것인지까지는 알 수 없었지만, 주변을 살피면 그것이 어디에서 난 소리인지 짐작할 수 있었습니다.

거리 한쪽 구석에 사람들이 모여 있었습니다.

웅성거리는 사람들의 너머에서 또렷한 남성의 목소리가 울렸습니다.

"전부터 자네는 우리에게 도전했지. 오늘이야말로 결과가 나오기를, 나도 기대하고 있어."

대체 누가 무얼 하고 있는 것일까요?

상황을 이해하지 못한 채, 그러나 어쩐지 재미있을 것 같은 분위기에 이끌려서 저는 모여 있는 사람들의 가장 바깥쪽에서 몇 번이나 점프를 해보았습니다.

"……안 보여."

고작해야 사람의 뒤통수가 비교적 분명하게 보인 정도입니다.

전혀 안 되겠군요.

그렇다면 어쩔 수 없습니다. 결국 저는 빗자루를 꺼내 둥실 떠올라, 사람들 바로 위에서 내려다보기로 했습니다.

"어서 우리를 즐겁게 해달라고!"

사람들 중앙에는 그렇게 말하는 질 좋은 옷차림의 신사분과 얌전히 휠체어에 앉은 한 여자아이의 모습이 있었습니다.

그 두 사람과 마주하는 형태로 피에로 차림의 마법사가 지팡이를 흔들어서 연기를 피워 올려 머리카락을 까맣게 태우거나, 혹은 자신의 머리 위에서 물을 떨어뜨려 보이거나, 혹은 단순히 지팡이를 휘둘러도 아무 일도 일어나지 않거나── 그렇게 참으로 꼴사나운 모습을 드러내고 있었습니다.

피에로란 익살을 부리는 직업의 일종으로, 우스꽝스러운 모습을 하고 웃음을 끌어내는 것을 생업으로 삼는다고 합니다.

실제로 눈 아래에서 지팡이를 흔드는 피에로의 모습은 그 주변을 둘러싼 사람들에게 웃음을 주고 있었습니다.

커다랗게 입을 벌리고 웃는 자. 대낮부터 피에로를 술안주로 삼아 웃는 자. 팝콘을 입에 던져 넣으며 웃는 자. 얼굴을 가리고 고상하게 웃는 자. 피에로를 손가락질하며 웃는 자. 다종다양했습니다.

사람들의 중심에 있던 신사도 피에로를 보며 "이거 재미있는 걸!" 하고 손뼉을 치면서 웃고 있었습니다.

아마도 이 자리에서, 조금도 표정을 움직이지 않았던 것은 단 한 사람뿐이지 않을까요?

"…………."

신사의 옆.

휠체어에 앉은 소녀입니다.

나이는 열 살 정도일까요? 붉은 기가 감도는 주황색 머리카락
이 허리 부근까지 자라나 있었고, 눈동자는 파랑. 화려한 고딕 드
레스를 입고 있었습니다.

그 모습은 마치 인형 같았습니다.

잘 만들어진 화려한 복장이 그러한 인상을 품게 하는 것인지도
모르겠습니다만, 휠체어에 앉은 그녀는 얌전하게, 그러나 매우
지루해하며 앉아 있었고, 그 얼굴에는 아무런 감정도 떠올라 있
지 않았습니다.

주위가 모두 웃고 있는 중에도 그녀만이, 홀로, 웃음은커녕 안
색 하나 바꾸지 않았던 것입니다.

대체 이 광경은 어떻게 된 것일까요?

"저기, 실례합니다."

그런데 이러한 인파 속에는 저와 같은 사고 회로를 따라온 마
법사가 한 명 있는 법이라, 사람들의 머리 위에는, 저 외에도 빗
자루에 걸터앉은 여성 마법사분의 모습이 있었습니다.

그래서 저는 그녀 쪽으로 빗자루를 가져가 조용히 물었습니다.

"저 피에로는 무얼 하고 있는 겁니까?"

그러자 마법사분은 팝콘을 입에 쏙 던져 넣으며 "음" 하고 신음
했습니다.

"나도 잘은 모르는데, 저기 신사분 있지? 저 사람이 여행하는

부호라나 봐."

"여행하는 부호."

뭡니까? 그, 잘 이해되지 않는 느낌이 설정은.

"저 두 사람, 일주일쯤 전부터 이 나라에서 이런 일을 하고 있어"라고 말하며 마법사가 가리킨 곳에는, 여전히 전혀 웃지 않는 여자아이의 모습이 있었습니다.

"저 애 이름은 루틸이라고 하는데, 글쎄 무슨 일이 있어도 절대로 웃지를 않는대. 저 신사분이 말하기로는 지금까지의 인생 중에 단 한 번도 웃는 걸 본 적이 없다더라고."

"흐음."

"하지만 신사분은, 그녀가 웃는 모습을 보고 싶은가 봐."

말하면서 그녀는 신사분의 바로 뒤에 있는 간판을 손가락으로 가리켰습니다── 글이 적혀 있었습니다.

말하길.

『웃지 않는 루틸을 웃게 한다면, 내 전 재산을 양도하겠습니다!』라고 합니다.

신사분과 루틸 씨의 사이에 있는 것이 부모 자식 관계인지, 아니면 전혀 관계없는 생판 남인지는 알 수 없지만, 아무래도 신사분은 그녀를 몹시 걱정하고 있는 모양입니다.

즉, 오로지 여자아이를 웃게 하기 위해서 온 세계를 여행하고 있다는 것일 테지요.

마법사는 다시 팝콘을 입에 던져 넣고, 맛있게 오물거리며 말했습니다.

"그래서, 두 사람에게 도전하기 위해서 이 나라의 광대들이 모조리 참가하고 있는 거지." 오물오물.

"그래서, 재미있는 걸 공짜로 볼 수 있으니까 관중이 계속 모여든다는 겁니까?"

"뭐, 그런 거지." 오물오물.

"과연 그렇군요."

"달리 또 질문 있어?" 오물오물.

"그 팝콘 어디서 사셨나요?"

○

웃지 않는 여자아이.

루틸 씨.

그 후로 잠시 신사분 일행에게 도전하는 광대분을 바라보다 깨달았습니다만, 아무래도 신사분에게 재주를 보여주는 것도 무료인 것은 아닌 모양이었습니다.

웃지 않는 여자아이를 웃게 하는 대가를 얻기 위해서는 어느 정도의 각오가 필요하다, 라는 것일 테지요.

"자, 다음 도전자는 없는 건가?! 한 번 도전하는 데 금화 한 닢이다!"

그러나 결국 피에로 분은 그 역할을 해내지 못했는지, 어깨를 늘어뜨리고 인파 속으로 섞여 들어가 버렸습니다. 따뜻한 성원이 잠시 그의 등을 받쳐주었습니다. 마법사가 말하길, 피에로인 그는 언제나 가장 먼저 신사분 일행 앞에 나타나, 언제나 격침당하고, 언제나 관중에게 위로를 받는다고 합니다.

관중에게 있어서는 이미 익숙한 광경인 것일 테지요.

"다음은 내가 나서겠어!" "아니, 나야!" "다음은 나다!"

팝콘을 우물거리며 바라보고 있으려니, 차례차례 관중 사이에서 손이 올라왔습니다. 이 나라에서 생활하는 광대분들에게 있어 이 자리만큼 안성맞춤인 발표 자리는 없을 테지요. 웃지 않는 루틸 씨의 눈앞에서 재주를 피로해 웃게 만들면 일확천금. 웃지 않아도 마을의 많은 사람들 기억에 남습니다. 금화 한 닢을 내는 대가로 충분하다는 것은 명백합니다.

무엇보다도, 그들 안에는 웃지 못하는 여자아이를 웃게 하겠다고 하는 순수한 마음이 있을 테지만요.

그러나 마을의 관중을 아무리 웃게 만들어도, 루틸 씨는 그 후로도 여전히 웃음을 보이지 않았습니다.

"…………."

웃음은커녕, 그녀는 눈앞에서 재주가 펼쳐지는 동안 줄곧 죽은 사람 같은 표정을 지을 뿐. 시선이 움직이지 않았다면 인형으로 착각할 정도입니다.

이 마을에서도 유명한 코미디언분이 눈앞에 나타나도. 무명의 풋내기 소년이 관중을 전부 웃게 만들었을 때도. 여자아이가 단순하게도 루틸 씨의 옆구리를 간질여 웃게 하려 해도.

루틸 씨는 결코 웃는 일이 없었고, 그녀를 앞에 둔 많은 사람들이 금화 한 닢을 희생하고, 물러났습니다.

들어 올려졌던 손은 점점 그 수가 줄어갔습니다. 이윽고, 드디어 아무도 손을 들지 않게 되고 말았습니다.

"어라? 벌써 끝난 건가?"

맥이 풀린다고 말하는 듯이 어깨를 으쓱이고.

그리고 신사분은 말했습니다.

"이전에 방문했던 나라에서는 도전자가 조금 더 있었건만."

그것은 바꿔 말하자면, 그 정도의 수를 상대했어도 루틸 씨는 웃지 않았다고 하는 것일 테지요. 루틸 씨를 웃게 하는 일은 웬만한 노력으로는 불가능한 것입니다.

"……으음?"

그러나 또 바꿔 말하자면, 적어도 그 정도의 금화를 갖고 있다는 뜻이기도 합니다.

그렇다는 것은, 여기에서 만약 루틸 씨를 웃게 할 수 있다면 셀수 없을 정도의 금액이 제 수중에 들어올 것은 명백하며, 요컨대 돈에 관해 앞으로 이리저리 고민할 필요가 없어진다, 라는 것이 아닐까요?

"으으음……!"

저는 보석 가게에서 그러했던 것처럼, 눈 아래에 있는 루틸 씨와 신사분을 노려보면서 머리를 굴렸습니다.

빙글빙글 제 머리가 계산을 시작했습니다.

머릿속에서 돈 회의가 열렸습니다.

『여러분, 이 건을 어떻게 생각하십니까?』

제가 다른 저에게 물었습니다. 머릿속에 자기 자신을 키우고 있는 것은 아닙니다만, 일을 결정할 때 자신 안의 가치관과 비교 검토하는 것은 흔한 이야기가 아닐까요?

예를 들면 그것은.

『딱히 상관없다고 봅니다.』 그렇게 말하는 낙관주의인 저이거나.

『절대로 그만두는 편이 좋아요. 돈 낭비예요! 돈은 소중해요!』 그렇게 단호하게 거부하는 수전노인 저이거나.

『안이하게 손을 대는 것은 위험합니다. 저 두 사람, 척 보기에 도 수상하다고 생각하지 않으십니까?』 혹은 그런 말을 간단히 해 버리는 의심 깊은 저이거나.

『우물우물.』 혹은 배가 고파서 이런저런 것들이 어찌 되든 상관 없는 저이거나.

『루틸 씨라는 아이, 꽤 귀엽네요.』 혹은 귀여운 걸 좋아하는 저 이거나.

아무튼 여러 가지 가치관이 순식간에 부딪혀 일을 정해가는 것 이 아니겠습니까? 이번에도 역시나 제 머릿속에서는 다양한 가 치관이 서로 맞부딪혔습니다.

『아시겠습니까? 그렇게나 많은 나라의 코미디언들이 도전했어 도 그녀는 결코 웃지 않았습니다. 뭔가 수상쩍은 장치가 있다고 생각하는 것이 마땅합니다.』

의심 깊은 저는 단호하게 거부하는 자세를 다시 한번 드러냈습 니다.

『돈도 아깝고 말이죠. 게다가 아까 팝콘 샀잖아요? 그거, 다른 나라에서 사는 것보다 좀 비싸거든요? 시세의 세 배 정도 되는 가격이었어요. 제 판단으로는 팝콘 판매자도 신사 남자와 한패일 게 분명해요.』

은근슬쩍 팝콘을 산 것까지 비판하면서도 동의하는 수전노인 저.

결탁하는 두 사람과 상반되는 것은 지극히 머릿속이 꽃밭인 두 사람이었습니다.

『우물우물.』비판받아도 여전히 팝콘 먹는 손을 멈추지 않는 배고픈 나.

『하지만 루틸이라는 아이, 귀엽지 않은가요? 대화를 좀 나눠보고 싶지 않은가요?』귀여운 것을 좋아하는 저는 주로 호기심만으로 살아가고 있었습니다.

의심 깊은 저, 수전노인 저, 그리고 배고픈 저와 귀여운 걸 좋아하는 저에 의해 회의는 진행되어갔습니다만, 수렁에 빠진 것처럼 결론에 도달하지를 못했습니다.

『이건 어떤 덫인 게 틀림없어요. 분명히 그래요. 그러니까 그만두는 편이 좋아요. 애초에 아까 그 피에로도 수상해요. 그것도 실은 신사분과 한패가 아닐까요?』『무슨 근거로 그런 말을 하는 거죠? 우물우물.』『그건 아마도 사람을 모으기 위해 피에로를 써서 주목을 모은 걸 거예요.』『그러니까 무슨 근거로 우물우물.』『저라면 그렇게 할 거라는 이야기예요. 아무튼 저는 반대니까요.』『하지만 루틸 씨 귀엽거든요.』『귀여워서 뭐요? 귀여우면 돈을 낭비해도 괜찮다는 건가요?』『우물우물.』『애초에 저 신사분도 진짜 부자인지 아닌지 의심스러워요. 뭔가 꿍꿍이가 있지 않을까요?』『그러네요. 귀엽네요.』『귀여운 걸 좋아하는 저는 자기애에 빠진 건가요?』『당연하지 않은가요?』『우물우물.』『당신 아까부터 우물우물 우물우물 시끄럽네요.』『먹고 싶나요?』『어? 그래도 되나요?』『그럼요, 그럼요.』『……이거, 시세의 세 배인 주제에 절묘하게 맛없네요.』

아니 정말로 전혀라고 해도 좋을 만큼 진척이 없는 회의가 되었습니다.

장황하게 이야기를 나누었지만 결국 결론은 나지 않았고, 그저 이야기가 탈선할 뿐. 질질 끌고, 끌고, 결론이 나지 않는 회의란 최종적으로 모두가 자연스레 적당히 이야기를 마무리할 지점을 찾기 시작하는 법이라, 결국 이번 회의에서는 회의가 시작된 후로 줄곧 독서에 빠져 있던 낙관주의인 제가 꺼낸 한마디로 결론이 나기에 이르렀습니다.

『참가해도 딱히 상관없잖아요? 금화 한 닢을 허투루 쓰게 되어도 어차피 이 나라에서 보석을 사서 타지에서 팔면 회수할 수 있으니까요.』

그녀는 책을 탁 덮으면서 말했습니다.

『이건 요컨대 참가비 무료나 마찬가지 아닌가요?』

과연, 그건 분명히.

그런고로 제 머릿속에서 펼쳐졌던 돈 회의는 매우 단순한 결론을 발견했고, 그리하여 제가 손을 들기에 이르렀던 것입니다.

"좋았어!"

저를 눈치챈 신사분이 기뻐하며 활짝 웃었습니다.

"내려오게나!"

신사분의 말대로 저는 빗자루를 천천히 내렸고, 땅 위에 올라 섰습니다. 그리고 팝콘 쓰레기를 휙 쓰레기통에 던져 넣으며 말 했습니다.

"이 아이를 웃게만 하면 그걸로 되는 거겠죠? 방법은 무엇이든 상관없는 겁니까?"

"참가비 금화 한 닢을 낸다면, 어떤 방법을 써도 괜찮아."

과연, 그렇군요.

"그렇다면."

저는 신사분에게 돈을 낸 다음 루틸 씨 곁으로 다가갔고, 그녀 앞에 웅크려 앉았습니다.

"안녕하세요. 루틸 씨. 저는 여행하는 마녀 일레이나라고 합니다."

말하면서 저는 그녀를 올려다보았습니다.

"…………."

대답은 없습니다. 이쪽을 내려다보는 것은 감정 없는 눈동자. 인형처럼 표정은 굳어진 채였지만, 눈동자만은 이쪽을 좇아 움직 였습니다.

가만히 서로를 바라보는 저와 루틸 씨.

"…………?"

이윽고 그녀의 눈동자는 저에게서 벗어나 휠체어 손잡이에 올 려진 자신의 하얀 손으로 향했습니다.

이런, 악수를 하지 않았군요.

"잘 부탁드립니다."

저는 손을 뻗었습니다.

그러나 그녀는 몸을 움직이지 않았습니다.

어쩔 수 없는지라 저는 그녀의 손을 들어 올리고 강제로 손을 잡았습니다. 마치 인형과 악수하고 있는 것 같은── 기분이기는 했습니다만, 그녀는 틀림없이 살아 있는 인간인 모양이었습니다.

따뜻한 손의 감촉이 분명하게 전해져 왔습니다.

그리고 저는 그 손을 잡은 채, 그녀에게 말을 걸었습니다.

"루틸 씨. 재미있다고 생각하는 걸 떠올려 주실 수 있을까요?"

말하면서 지팡이를 꺼내 "에잇" 하고 마법을 걸었습니다.

마녀쯤 되면 익힌 마법은 다종다양. 일상적으로 쓰는 것부터, "대체 어째서 이런 마법을 배운 건가요?" 하고 고개를 갸웃거릴 것까지, 여러 마법을 쓸 수 있습니다.

이번에 쓴 마법은, 후자.

손을 잡은 우리 사이에 하얀 안개가 생겨났고, 그리고 그녀의 눈앞에 머물며 빛을 발했습니다. 흐릿한 반짝임은, 그러고서 하나의 광경을 저와 그녀에게만 비추어 냈습니다.

그것은 『가장 바람직한 광경』이라고 하는 조금 장난 같은 이름의 마법.

마법사와 손을 잡고 있는 상대가 가장 바라는 광경을, 두 사람에게만 비춰준다고 하는 너무나도 쓰기 불편한 마법입니다. 즉, 현재 루틸 씨에게 있어 가장 바람직한 것──가장 재미있다고 여겨지는 것이 저희 사이에 떠오르는 것으로, 뭐, 간단히 말하자면 반드시 웃을 거라고 생각했습니다. 그녀가 가장 바라는 것을 볼 수 있을 테니까요.

그래서 저는 마법을 쓰면서 "후후후 큰 부자가 되겠군요"라며 의기양양한 미소를 지었습니다만. 승리를 확신했습니다만.

그러나 실제로는 어떠했는가 하면.

"…………."

떠오른 광경을 앞에 두고 루틸 씨는 웃기는커녕 시선을 보낼 뿐, 표정 따위는 조금도 변하지 않았습니다. 그녀에게 있어서 가장 바람직하다고 여겨지는 광경이 흘러가는 동안, 줄곧 그녀의 표정은 변하지 않았습니다.

"이게 뭔가요……?"

제 눈 앞에 펼쳐진 루틸 씨에게 있어 가장 바람직한 광경은 몇 초마다 휙휙 바뀌었습니다. 그것은 예를 들면 아이스크림을 먹으면 걷는 루틸 씨이거나, 혹은 팝콘을 먹으며 극을 감상하는 루틸 씨이거나, 혹은 새 옷을 사는 루틸 씨이거나, 빵 가게에서 빵을 사는 루틸 씨이거나, 책을 읽는 루틸 씨이거나, 목걸이로 자신을 치장하는 루틸 씨이거나.

그렇게, 그런 식으로.

묘했습니다. 부호와 함께 다니는 것치고는 너무나도 평범한 바람이었습니다.

그리고 무엇보다 제가 위화감을 느낀 것은 그러한 광경 어디에도 보호자일 터인 신사분의 모습이 보이지 않았던 것입니다.

그녀에게 있어 가장 재미있다고 여겨지는 상황 속에 신사분의 존재는 필요치 않다는 것일까요?

저의 일련의 행동을 지켜보고 있던 신사분은 이윽고 루틸 씨의 안색을 살피더니, 이것 보라는 듯이 한숨을 한 번 내쉬었습니다.

"······안타깝지만, 마녀님. 루틸은 웃지를 않았어."

즉, 대실패입니다.

웃게 할 확신은, 있었습니다만.

"······돈을 허투루 쓴 게 되어버렸네요."

보석을 팔아서 돈을 벌 셈이기는 하지만, 큰돈을 잃은 것은 조금 타격이 있었습니다. 낙담과 함께 저는 잡고 있던 손을 놓고 지팡이를 넣었습니다.

저와 루틸 씨 사이에 펼쳐졌던 안개는, 사라졌습니다.

"──아."

루틸 씨의 목소리를 처음 들은 것은, 그때였습니다.

속삭이는 정도의 작은 목소리가 그녀의 입에서 새어 나왔습니다.

"그럼 우리는 그만 가기로 하지."

신사분에게 그 목소리가 들렸는지 어떤지는 모르겠습니다만, 그는 루틸 씨의 휠체어를 밀더니 그대로 빠른 걸음으로 광장에서 떠나가 버렸습니다.

행사는, 끝입니다.

팝콘 가게가 서둘러 장사를 접을 준비를 시작했습니다. 광장에 모인 사람들이 뿔뿔이 흩어졌습니다. 광대들은 한숨을 내쉬면서 터덜터덜 걷기 시작했습니다.

그 자리에는 저만 남겨졌습니다.

"············."

저는 조금 전까지 루틸 씨와 잡고 있던 손바닥을, 내려다보았습니다.

　제가 그녀와 손을 잡았던 것은 마법을 쓰기 위한 방편이었다고 말하는 편이 적절하겠습니다만, 그녀에게는 다른 의미가 담겼는지도 모릅니다.

　악수한 순간, 제 손에 전해진 무언가가 있었던 것입니다――어쩌면 그녀는 지금까지 대치해온 모든 사람에게, 손을 잡아달라고 호소해왔던 것인지도 모릅니다.

　휠체어에 앉은 채, 미동도 하지 않고, 눈동자만으로, 호소했던 것인지도 모릅니다.

　제 손바닥에는.

　빵을 포장하는 데 쓰였던 것 같은 종이를 작게 자른 것이, 남아 있었습니다.

　지저분하고 꼬깃꼬깃한 종잇조각은, 이미 지워져서, 겨우겨우 읽을 수 있는 글자로, 단 한 마디가 적혀 있었습니다.

　『구해줘.』

●

　"알겠니? 루틸. 우리는 좋은 사람이야."

　신사인 남자는 언제나 루틸에게 그런 말을 들려주었습니다.

　남자와 루틸이 만난 것은 지금으로부터 1년 정도 전의 일이었습니다. 의지할 곳 없이, 뒷골목에서 죽어가고 있던 그녀를 발견한 남자는 그녀에게 손을 내밀었습니다.

남자는 루틸의 몸을 깨끗하게 해주고, 예쁜 옷을 입혀주었습니다. 맛있는 것을 배불리 먹게 해주었습니다.

남자에게는 동료가 두 사람 있었습니다. 피에로 차림을 한 남자는 매일 그녀에게 재미있는 연기를 보여주며 웃게 해주었습니다. 팝콘을 파는 남자는 매일 팝콘을 만들어주었습니다.

신사인 남자가 주워준 후, 루틸의 매일은 믿을 수 없을 만큼 아주 아주 행복했습니다.

그런 어느 날의 일이었습니다.

"루틸, 우리는 셋이서 나라를 오가는 떠돌이 광대인데—— 괜찮다면 너도 함께 일을 해줬으면 해. 협력해줄래?"

신사인 남자는 그렇게 제안했습니다.

그녀의 매일은, 웃음으로 가득했습니다.

"응!"

그녀 자신만이 아니라 사람들을 웃게 할 수 있다니, 아주 멋진 일이라고 그녀는 생각했습니다. 그녀가 신사의 제안에 고개를 끄덕이고, 여행에 동행하게 된 것은 말할 것까지도 없습니다.

하지만 그다음 날부터, 그녀의 미소는 사라졌습니다.

"…………."

휠체어에 앉은 가련한 소녀. 눈에는 생기가 없고, 감정을 잃고, 마음을 잃고, 그저 공허하게 바라보고 있습니다.

그런 그녀를 손가락으로 가리키며 신사인 남자는 한탄합니다.

"아아, 누군가 이 아이를 웃게 해주시오! 만약 그녀를 웃게 해준다면, 내 전 재산을 드리리다!"

깔끔하게 차려입은 남자가 눈물을 흘리며 길을 가는 사람들에게 말을 겁니다.

눈에 띄지 않을 리 없습니다. 그리고 신사인 남자가 나름대로 돈을 갖고 있어 보이는 것도 명백.

"어디, 그럼 내가 한번 해볼까."

얼마 후 한 피에로가 재주를 보여줍니다. 기발한 차림을 한 남자가 길 한가운데에서 묘한 짓을 갑자기 시작하면 역시 이것도 또 눈에 띄는지라, 관중의 시선을 끕니다. 결국 루틸은 웃지 않았지만, 남성의 뒤를 잇는 자가 계속해서 나타나게 되었습니다.

그리고 몇 명인가의 광대가 루틸을 웃기려고 도전해보았지만, 그녀는 결코 웃지 않았습니다. 해 질 녘이 되었을 때, 신사는 "안타깝지만 루틸은 웃지 않은 모양이야"라고 말하며, 휠체어를 끌고서 마을을 떠납니다.

매일같이, 그 반복이었습니다.

마을 밖의 숲에서 신사인 남자는 동료들과 합류합니다. 큰길에서 재주를 피로했던 한 남자와 팝콘을 팔던 남자입니다.

"오늘도 꽤 벌었어."

그들은 마차로 돌아가 오늘 하루 만에 모은 돈을 놓고 앉아 웃었습니다.

웃지 않는 여자아이를 웃게 해달라며 슬퍼하던 신사도, 그 바로 옆에서 때마침 팝콘을 팔던 자도, 자신이라면 웃게 할 수 있다며 도전한 피에로도, 전부 한통속인 동료들이었던 것입니다.

모든 것은 돈벌이를 위한 일입니다.

신사가 부자라고 하는 이야기는 거짓말로, 돈 같은 건 별로 갖고 있지 않습니다. 그저 말쑥한 차림을 하고만 있으면 사람들은 속는 법입니다.

밤새도록 떠든 후, 그들은 잠듭니다.

그리고 아침이 찾아오면 다시 똑같은 하루가 시작됩니다.

"루틸, 잘 잤니?"

신사는 말쑥한 차림을 하고, 가짜 미소를 지으면서 루틸에게 아침 식사를 주러 옵니다.

루틸이 웃지 않는다, 라는 이야기도 거짓말입니다.

사실 휠체어 같은 건 필요 없습니다. 사실 웃을 수도 있습니다.

그녀가 웃지 않는 것은, 그저 그녀가 **웃을 수 없는 처지**에 있기 때문입니다.

"──자아, 루틸. 약 먹을 시간이야."

아침 식사를 마칠 때쯤. 신사는 웃음을 지으면서 파랗고 걸쭉한 액체가 담긴 병을 그녀에게 건넵니다.

마법 약입니다.

마신 효과가 나타나기 시작하면, 몇 시간 동안 신체의 자유가 전부 사라집니다. 스스로 걷기는커녕, 팔을 들어 올리는 것도 불가능합니다.

당연히 웃는 일도 없습니다. 마법 약의 효과가 유지되는 동안은, 그녀는 아무것도 할 수 없는 인형이나 마찬가지가 됩니다.

"…………."

루틸은 잠자코 약을 받아 들고 병뚜껑을 직접 열어서 마셨습니다.

마시면 자유를 잃는다는 것은 알고 있습니다.

그러나 그녀에게는 거절할 방법이 없습니다.

"그렇지. 착하구나."

거절하면 약을 먹는 것 이상으로 심한 짓을 당한다는 것을, 그녀는 지난 1년 동안 아플 정도로 맛보아 왔습니다.

순종적인 소녀의 모습에 신사는 만족스럽게 고개를 끄덕일 뿐이었습니다.

"그때 뒷골목에서 내가 주워주지 않았다면 너는 분명 그대로 죽었을 거야."

그리고 신사는 그녀의 머리카락에 손을 대고, 쓰다듬었습니다.

"너에게 살 가치를 준 건 우리다."

그리고 죽은 사람 같은 눈을 한 채로 약을 먹어온 소녀를 바라보며, 남자는 말을 겁니다.

주문처럼.

"알겠니? 루틸. 우리는 좋은 사람이야."

그렇게 그녀는 신사인 남자와 그 동료들에게 인정받은 이후로, 똑같은 하루하루를 반복해왔습니다. 누구에게도 들키지 않도록 빵 포장지에 글자를 적어, 작은 손안에 감춰 쥐고, 재주를 선보이러 오는 누군가가 눈치채주기를 바라며 시선을 보내왔습니다. 기도하며, 기다렸습니다.

그러나 그 누구도 눈치채지 못한 채, 그저 그녀는 갈 곳 없는 절망만을 쌓아가며, 웃을 수 없는 하루하루를 계속해서 보냈습니다.

1년 전에도, 반년 전에도, 한 달 전에도, 어제도.

그리고 오늘 아침도, 마찬가지로.

"──위험할 뻔했어."

해 질 무렵.

신사인 남자는 평소처럼 나라를 벗어나, 이미 모여 있던 동료와 합류해 마차 안에서 돈을 셌습니다. 그러던 중에 피에로 차림을 한 남자가 담배를 피우며 중얼거렸습니다.

"루틸 녀석, 약 효과가 거의 다 떨어졌던 것 같지 않았어?"

"그랬던 모양이야."

그렇기에 신사인 남자는 묘한 마녀가 묘한 마법을 쓴 직후에, 장사를 중단했던 것입니다.

"그대로 계속했다면 뒷덜미를 잡혔을지도 몰라. 그 묘한 마녀 탓에 오늘 수입은 별로라니까."

"마법 약의 양을 늘리는 편이 좋지 않겠어?"

"하지만 꽤 비싼 약인 데다가 구하기도 힘들다고……."

말하면서 신사는 마차 구석에서 몸을 웅크리고 있는 루틸을 바라보았습니다. 요즘은 늘 그렇습니다. 아침부터 밤까지 마차 안에서는 말 한마디 하는 일 없이 몸을 웅크리고 있을 뿐. 감정을 겉으로 드러내는 모습은 좀처럼 보이지 않았습니다.

그야말로 약 따위를 쓰지 않아도 웃는 얼굴 같은 것은 보이지 않는 게 아닐까 싶을 만큼.

"그나저나 그 녀석은 어떻게 된 거야? 너무 늦는 거 아냐?"

일이 끝나면 시간 차를 두고 나라 밖에 세워둔 마차로 돌아오기로 되어 있습니다. 팝콘을 파는 남자도 평소라면 이미 마차로 돌아와 있을 터입니다만, 보이지 않았습니다.

무슨 일이 있는 것일까요?

"아아, 술을 사다 달라고 부탁했으니까 그것 때문에 늦는 거겠지."

피에로 남자는 담배를 피우며 답했습니다.

"마침 왔나 보네."

신사인 남자가 귀를 기울이자 마차로 접근하는 발소리가 들렸습니다. 들풀을 밟으며, 발소리는 천천히 마차로 다가왔습니다.

피에로 남자가 마차에서 고개를 내밀었습니다.

"어이, 늦었잖아. 기다리다가 목 빠지——."

그러나 말을 하던 도중에 소리도 없이 피에로 남자의 모습이 사라졌습니다.

한순간 바람이 불고, 불이 붙은 담배만이 마차에 굴러다녔습니다.

"……어?"

무슨 일이 일어난 것일까요? 당황한 신사는 마차 안에서 한 걸음, 뒷걸음질 쳤습니다.

대체 무슨 일이 일어났는지도 이해하지 못한 채, 신사 모습의 남자는 마차 안에서 밖을 계속 바라보았습니다.

이상하리만치 조용했습니다. 마치 처음부터 아무도 거기에 없었던 것처럼.

"어, 어이…… 이딴 장난은 그만두라고."

그리고 떨리는 목소리로, 남자가 간신히 말을 꺼낸 직후.

불쑥 마차 밖에서 얼굴을 들이미는 사람의 모습이 있었습니다.

"안녕하세요."

그렇게 명랑한 인사와 함께 살랑살랑 손을 흔드는 것은, 팝콘 파는 남자.

──같은 게 아니라, 한 여성이었습니다.

검은 삼각 모자에 검은 로브. 머리카락은 잿빛. 눈동자는 유리색. 가슴께에는 별을 본뜬 브로치가 있었고, 그것은 그야말로 보면 볼수록 마녀이자, 그리고 낮에 신사 일행이 본 묘한 마법을 쓴 묘한 마녀였습니다.

과연 그것은 대체 누구일까요?

그렇습니다. 저입니다.

○

다음 날, 그 나라의 신문 1면을 장식한 것은 여행하는 부호에 관한 기사였습니다.

일주일 정도 전부터 이 마을에서 동행인인 여자아이를 웃게 만든다면 전 재산을 양도하겠다고 선언하고 다녔던 여행하는 부호가, 주민들을 속여 돈을 빼앗기 위한 사기를 저질렀다는 사실이 밝혀졌던 것입니다.

금화 한 닢을 부호에게 건네는 대신에 여자아이 앞에서 재주를 피로. 만약 웃으면 일확천금. 그런 혹할 만한 이야기로 광대와 행인을 불러 모았던 여행하는 부호였지만, 실제로 여자아이는 절대 웃지 않도록 마법 약을 강제로 먹고 있었다고 합니다.

여행하는 부호 일행이 벌인 그러한 부정한 행동을 눈치챈 누군가가 어제저녁 무렵에 그들을 잡아, 포박했습니다.

그저 우연히 그곳을 지나가던 여행하는 마녀가 그 패거리에게 사정을 묻자, 여행하는 부호들은 하나같이 입을 모아 범행을 자백. 누구에게 무슨 짓을 당했는지는 정확하지 않지만, 매우 무시무시한 상황을 겪은 모양이었고, 여행하는 부호 일행은 마녀에 의해 나라의 정부에 넘겨지자 어서 감옥에 넣어달라며 애원했다고 합니다.

조사에 따르면 사기 그룹은 현재에 이르기까지 약 1년에 걸쳐 의지할 곳 없는 소녀를 이용해 돈벌이를 해왔고, 그들이 번 금액은 상당한 액수에 달했습니다.

그들과 동행했던 여자아이는 나라의 정부에 보호되었습니다. 다행히 그녀에게 부상은 없었고, 마법 약에 의한 후유증도 현 단계에서는 확인되지 않고 있다고 하며, 앞으로는 고아원에 맡겨질 예정이라고 합니다.

또한 사기 패거리에 의한 피해 접수가 없고, 돈이 소재 불명인 채로 1년 경과할 경우에 그 돈은 소녀의 소유가 된다고 합니다.

"…………."

그런데 이 신문 기사의 표제에는 이러한 말이 적혀 있었습니다.

『피해자 제로인 사기 사건』

대체 어찌 된 영문인지, 바로 얼마 전까지 여행하는 부호가 그 나라에서 휠체어를 탄 여자아이를 데리고 나타나 애원했다고 하는데도 누구 한 사람도 피해를 보고하지 않았던 것입니다.

신기한 일도 다 있습니다.

현재 그 사기 패거리가 지금까지 체재했던 나라들에도 사기를 친 남자들이 체포되었다는 상황을 전달하는 중입니다만, 아마도 결과는 같을 테지요.

"이것 참, 마녀님. 이번에는 정말로 감사했습니다."

찻집에서.

대충 다 읽고 테이블에 신문 기사를 내려놓자, 제 맞은편에 앉아 있던 나라의 관리님이 고개를 숙였습니다.

"마녀님이 녀석들을 발견하지 못했다면, 어쩌면 루틸은 목숨을 잃었을지도 모릅니다. 우리나라까지 데려다주신 것에는 정말로 감사드릴 뿐입니다."

저는 우연히 사기 패거리가 밧줄로 꽁꽁 묶여 있던 현장을 지나갔고, 루틸 씨를 데리고 나라까지 돌아왔다는 것으로, 표면적으로는 그렇게 되어 있습니다.

마녀쯤 되는 자가 그만 실수로 속아서 돈을 빼앗겼다고 해서는 창피하니 말이지요……. 게다가 돈을 돌려받기 위해 다소 무리를 했다는 것도, 대놓고 이야기하기에는 수치심이 방해를 하는지라, 결국 묻어두기로 했던 것입니다.

그러나 그것을 제하더라도, 이 나라에서는 소녀를 구한 인물로 여겨지고 만 모양입니다.

"뭔가 답례를 해도 되겠습니까?"

그렇게 싱글벙글한 얼굴로 관리님이 물었습니다.

『피해자 제로인 사기 사건』

큼직하게 적힌 신문 기사를 읽게 한 후에 그러한 제안을 해 왔습니다. 누구 한 사람도 금화를 돌려받으려 하지 않았다고 하는 미담을 읽게 한 후에 "답례를 해도 되겠습니까?" 같은 질문을 받고 말았습니다. 이제 이쯤 되면 "너 분위기 읽어라? 알겠지?"라는 말을 들은 것이나 마찬가지가 아닐까요?

"그럼 한 가지 말씀드려도 괜찮겠습니까?"

그러나 저는 여행자이자, 딱 잘라 말하자면 이 나라에는 얽매일 것 하나 없습니다. 당연히, 읽어야 할 분위기도 없습니다.

그렇기에.

"사실 저는 여행자인데——."

저는 한 가지, 관리님에게 보수를 요구했습니다. 탐욕스러움을 감추지 않고 드러냈습니다.

하지만 어쩔 수 없습니다.

저는 결코, **좋은 사람**이 아니니까요.

○

다음 날.

저는 나라를 관광했습니다.

알록달록한 건물이 늘어선 흔하디흔한 거리. 맑은 하늘 아래를 걷는 제 손에는 아이스크림이 들려 있었습니다.

버릇 나쁘게도 길을 걸으며 먹고 있습니다.

"흐음흐음."

한 손이 아이크림에 묶여 있는 탓에 지도를 펼칠 수 없었던지라 지팡이로 지도를 공중에 띄워놓고서 길을 찾았습니다.

"여길 곧장 가면 극장이 있는 거로군요."

저는 옆으로 시선을 떨어뜨리며 말했습니다.

제 옆에는 마찬가지로 버릇 나쁘게 길을 걸으며 아이스크림을 먹고 있는, 붉은 기가 도는 주황색 머리카락의 소녀가 있었습니다.

그녀는 끄덕, 저를 향해 고개를 끄덕이더니 한 마디.

"기대돼."

그렇게만 말하고서 살포시 미소를 지었습니다.

제가 나라의 관리님에게 한 요구는 단 하나.

"이 나라의 관광에 함께해주셨으면 합니다."

그저 그것뿐이었습니다.

여행자니까요. 가끔은 관광에 동행인이 있었으면 싶어지는 것입니다. 뭐, 답례를 하고 싶다고 하니, 그렇다면 관광 동행이라는 역할은 안성맞춤이 아니겠습니까?

저는 시간이 허락하는 한 그녀를 데리고 돌아다녔습니다.

그것은 예를 들면 극장이거나, 찻집이거나, 제대로 된 장사를 하는 팝콘 가게거나, 그녀에게 새 옷을 골라주거나, 서점에 가보거나.

"손님, 어떠십니까? 이건 저희 가게의 인기 상품입니다."

그리고 빵 가게에도 갔습니다.

"우물우물." "우물우물."

시식용 빵을 먹은 다음 "일단 전부 주세요"라고 말해버리는 저였습니다.

"어른의 구매……!"

루틸 씨가 제 옆에서 눈을 빛내고 있었습니다.

온종일 나라 안을 끝없이 돌아다녔습니다.

그것은 평범한 관광이었고, 저희가 본 광경 하나하나는 특별할 것 없는 보편적인 광경이었을 터입니다.

그러나 분명, 그녀에게 있어서는 그것이야말로 둘도 없을 보물 같은 광경이었을지도 모릅니다. 줄곧 동경해오던 것일지도 모릅니다.

"으으으으으음……."

하루의 끝자락에 방문한 곳은 보석 가게.

루틸 씨도 역시 여자아이라 반짝이는 것에는 약한 모양이었습니다. 가게 진열장에 늘어선 다양한 목걸이를 구멍이 뚫어져라 바라보며 신음하고 있었습니다.

"뭔가 갖고 싶은 게 있나요?"

옆에서 불쑥 끼어들어 그녀의 시선을 좇아가는 저. 떨떠름한 얼굴을 하면서 그녀는 "돈 없어……" 하고 머리를 끌어안았습니다.

"괜찮다면 빌려줄까요?"

그러자 떨떠름한 얼굴이 그대로 이쪽을 향했습니다.

"……그래도 돼?"

"어른이 돼서, 당신이 스스로 돈을 벌게 되었을 때 돌려준다면, 딱히 상관없어요."

내년에는 큰돈이 그녀 몫으로 들어온다고는 해도, 그 돈을 곧

157

장 빚 갚는 데 써버렸다간 앞날이 막막합니다.

그녀가 어른이 될 때까지 변제는 느긋하게 기다리기로 하지요.

그리고 다시 한번 물었습니다.

"그래서, 뭘 갖고 싶나요?"

"…………."

머뭇머뭇하며 루틸 씨는 하나의 목걸이를 가리켰습니다.

가격표가 붙어 있지 않은, 제법 예쁜 목걸이였습니다.

어머나.

"그럼 그걸 두 개 사죠."

저는 그렇게 말하고 가게 주인을 불렀습니다.

손을 마주 비비면서 나타난 가게 주인.

"이 목걸이 두 개랑…… 아, 그렇지. 그리고 사파이어 목걸이도 세 개 정도 주세요."

사파이어 쪽은 다른 나라에서 팔면 비싼 값에 팔 수 있을 것 같으니까요. 뭐, 루틸 씨가 갖고 싶어 한 목걸이를 사는 김에 사두었습니다.

결국, 그날 저는 루틸 씨와 커플 목걸이를 구입하고서 가게를 나섰습니다. 방금 사준 물건을 목에 걸고 루틸 씨는 고개를 숙였습니다.

"……고맙, 습니다."

"천만에요. 돈은 어른이 되면 갚아주세요."

"……얼마였어?"

루틸 씨는 고개를 갸웃거렸습니다.

얼마인지 물어도 곤란한데요.

"어른이 되고, 스스로 일할 수 있게 되었을 때, 갚으러 와줘야 해요?"

어떻게 답하면 좋을까 잠시 망설인 끝에 저는 솔직하게 답하기로 했습니다.

뭐, 공짜보다 비싼 것은 없다고들 하니까요. 요컨대.

"저로서는 도저히 감당할 수 없을 정도의 금액입니다."

●

마녀가 거짓말을 했다는 사실을 깨달은 것은 루틸이 고아원을 나와서, 많은 돈을 받고, 그리고 어른이 되어서 일을 하고, 어느 정도 돈을 모으게 되었을 무렵의 일.

보석 가게로 가서 열 살 무렵에 받았던 예의 그 목걸이를 가게 주인에게 보여주면서.

"이거, 얼마인가요?"

그렇게 물었을 때, 그녀는 겨우 알았습니다.

"볼 것까지도 없네요. 손님, 그거 그냥 잡동사니예요."

목걸이를 사러 왔을 때 덤으로 얹어주는 정도의 싼 물건이네요. 보석 가게 주인은 무자비하게 답했습니다.

결국에는 어른이 되면 갚으라고 말하면서, 처음부터 돈을 받을 셈은 조금도 없었던 것일 테지요.

마녀는 심한 거짓말쟁이입니다.

결국 가격을 붙이지도 못하고, 마녀에게 갚아야 할 돈 따위 처음부터 존재하지 않았다는 것을 알고, 루틸은 혼자서, 웃었습니다.

어렸을 때 고생을 했던 탓일까요?

어른이 된 후의 인생은, 그녀에게 있어서는 이전과 비교할 수 없을 만큼 행복으로 가득한 것처럼 느껴졌습니다.

일을 하고, 직장에서 멋진 남성과 만나고, 사랑에 빠지고, 결혼을 하고, 아이가 생기고, 지금은 아이를 돌보면서 가사를 해내는 하루하루를 보내고 있습니다. 바쁜 매일, 혹 그것은 쉽게 볼 수 있는 일상의 광경일지도 모릅니다.

하지만 그녀로서는, 평범한 일상이야말로 가장 바라던 것이었습니다.

어느 날, 열 살 무렵의 딸이 그녀에게 물었습니다.

"엄마는 어째서 언제나 웃고 있어?"

그녀는 다정하게 딸의 머리를 쓰다듬으면서, 답했습니다.

"그건 언제나 즐겁고 기쁜 일들만 있기 때문이지."

그래서 그녀의 인생은, 셀 수 없을 정도의 웃음으로 가득했습니다.

마녀의 여행
THE JOURNEY OF ELAINA 12

그것은 제가 나라 C(가칭)를 어슬렁어슬렁 혼자서 헤매며 다닐 때의 일입니다.

"어라? 마녀님! 오늘도 당신이 좋아하는 빵을 구워놨어! 괜찮으면 하나 어때?"

노점의 아주머니가 손을 흔들며 큰 목소리로 말했습니다.

어라? 누구에게 말을 하는 것일까요? 저는 주변을 힐끗 둘러보았습니다만, 그러나 마녀라고 불릴 만한 사람은 시야에 보이는 한은 아무도 없었고, 애초에 길에는 저 한 사람밖에 없었습니다.

그렇다면 아마도 저를 마녀님, 이라고 부른 것일 테지요.

"아무래도 사람을 잘못 보신 것 같습니다."

저는 노점 쪽으로 다가가면서도, 고개를 분명하게 저어 부정했습니다. 저에게 마법을 다루는 것은 도저히 무리입니다.

"어라? 어머나, 정말이네……."

노점 주인아주머니는 제 얼굴과 머리카락을 빤히 바라보더니 겨우 자신의 잘못을 눈치챈 모양이었습니다. 말하길, 저는 빵을 자주 사러 오는 마녀님과 똑같은 차림새를 하고 있다고 합니다.

마녀님의 머리카락 색은 잿빛이라는군요.

제 머리카락은 복숭앗빛.

차이는 그것과 겉으로 보이는 나이 정도밖에 없었으니, 생김새가 똑 닮은 탓에 제가 둘도 없이 빵을 좋아하는 사람으로 오해받은 것일 테지요.

"하지만 정말로 똑 닮았네…… 얼굴부터 분위기까지 마녀님 그 자체야."

호오오 하고 감탄하며 아주머니는 신기하다는 듯이 제 얼굴을 들여다보았습니다.

그럴 테지요.

"자주 듣습니다."

"어라? 마녀님과 아는 사이인가?"

"뭐, 그런 셈입니다."

고개를 끄덕이면서 저는 노점에 진열된 빵을 바라보았습니다. 오해받아 불러 세워졌으니, 아닙니다 사람 잘못 보셨습니다 그럼 이만 하고 떠나가도 아무런 문제는 없으리라고 생각합니다만, 놓여 있는 빵 하나하나가 참으로 맛있어 보였습니다.

이 노점에서 산 빵을 맛있게 베어 무는 제 주인의 모습이 바로 상상될 만큼.

"……이건 얼마인가요?"

물건은 그 소유자를 위해 있는 것이니, 그렇다면 이 자리에서 제 주머니 끈이 다소 헐거워져도 어쩔 수 없는 일이 아닐까요?

노점 주인아주머니는,

"아, 그거 말이지——."

고개를 끄덕이면서 봉투에 넣어주었습니다. 말하길, 이 가게에서 제일 잘 팔리는 제일 싼 빵이라고 합니다.

"그나저나, 정말로 똑 닮았네……."

그리고 아무래도 제 주인 취향의 빵이기도 한 모양입니다.

어라어라.

아무래도 음식 취향까지 판박이인가 봅니다.

●

제게는 다른 이에게 댈 만한 이름이 없습니다.

군이 말하자고 한다면 그것은 빗자루이자, 그리고 일레이나 님의 물건이라는 정도일 테지요.

평소에는 여행자로서 시간에 크게 연연하지 않는 유유자적한 생활을 보내고 있는 일레이나 님입니다만, 때때로 아무리 해도 일손과 시간이 부족할 때가 있습니다.

제가 인간 모습을 하게 되는 것은 대체로 그러한 사정이 얽혀 있을 때입니다.

물론 이번 역시 예외는 아닙니다.

"미안해요. 빗자루 씨, 지금부터 일을 좀 해야 해서 말이죠. 괜찮다면 장을 보러 다녀와 주겠어요?"

오늘 오전의 일입니다. 일레이나 님은 제게 마법을 걸어 인간 모습으로 바꾸자마자 그렇게 말했습니다.

저는 그 자리에서 무너져 내렸습니다.

"너무해……! 오랜만에 인간 모습이 됐다 했더니……! 심부름을 명령하다니……! 저 같은 건 어차피 일레이나 님의 편리한 도구일 뿐이라는 거죠……!"

"저기……."

돈을 내민 채 당황하는 일레이나 님.

여담이기는 하지만 평소 일레이나 님이 빗자루를 가지고 다니는 덕분에 어떠한 사정을 거쳐서 제가 인간 모습이 되었는지는 전부 알고 있었습니다. 그러니 일부러 설명하지 않고 돈만 던져줘도 따를 터입니다만, 그래도 하나부터 설명하는 사람이 제 주인이었습니다.

"실은 저, 이 나라 사람에게 일을 의뢰받았거든요. 꽤 힘든 일이라 지금부터 숙소에 틀어박힐 예정이에요. 장을 보러 갈 시간이 없으니까, 점심이랑 저녁을 사다 주지 않겠어요?"

제 손에 금화 세 닢을 쥐여주는 일레이나 님.

두 끼 식사에 금화 세 닢……?

"너무 많은 거 아닌가요……?"

얼마나 먹을 셈입니까? 금화 세 닢을 다 쓸 만큼 사려면 상당한 양이 될 터입니다만…….

"아뇨, 식사는 두 끼분이면 돼요."

"무슨."

그렇다는 것은.

"양보다는 질을 바라시는 거군요……?"

주인님인 일레이나 님께 셀러브리티 같은 식사를 준비해드려라. 그런 거지요? 과연.

"아니 그런 의미도 아닙니다만……."

"애초에 일레이나 님은 질보다 양을 우선하는 편인 분이었죠."

"어머나? 오랫동안 저와 함께 여행했으면서 뭘 모르는군요."

후후후, 일레이나 님은 의기양양한 미소를 지었습니다.

"뭐, 저렴한 편이 좋은 것은 틀림없지만, 저는 딱히 언제나 질보다 양을 우선하고 있는 건 아니랍니다?"

"그런가요?"

"그야 물론이죠. 저는 자신에게 가치 있는 것을 선택해 갖고 있을 뿐이니까요."

그러고서 일레이나 님은.

"모처럼 사람 모습이 되었으니, 마음껏 쇼핑이라도 하고 오세요. 금화 세 닢은 그런 이유로 준 겁니다"라고 말했습니다.

"오늘은 상당히 상냥하시군요……."

"무슨 말을 하는 겁니까 저는 언제나 상냥합니다."

"그나저나 점심과 저녁은 어떤 걸 원하시나요?"

"그러네요——."

일레이나 님은 제게 고개를 끄덕여 보이고, 그러고서 자신의 입술에 손가락을 대고 말했습니다.

"그럼 가치 있는 걸로 부탁드립니다."

그러한 상황을 거쳐서 저는 장을 보러 나왔던 것입니다.

일레이나 님이 좋아하는 빵도 구했으니, 저녁 식사가 될 만한 것도 사두었으니, 장보기는 거의 마무리되었다고 해도 괜찮을 테지요.

그래서 저는 봉투를 끌어안고 숙소로 향하는 길을 걸었습니다.

돈은 상당히 남고 말았습니다. 최저한의 것밖에 사지 않았고, 마음껏 쇼핑하고 오라고 해도 저는 좋아하는 것이 그다지 없었기 때문입니다.

그럼 남은 돈은 어떻게 할까요.

"……어라?"

멍하니 머리를 굴리고 있으려니 길가의 화장품 가게가 눈에 들어왔습니다.

가게에는 같은 메이커의 상품이 잔뜩 놓여 있었습니다.

말하길, 그것은 이웃의 부자들뿐인 나라에서 수입된 신기한 화장품으로, 글쎄 요정님이 피부를 곱게 해준다나요?

부자들의 나라에서는 지금 이 요정님 화장품이 대유행 중이고, 그런고로 여러 나라가 대량으로 수입해서는 대대적으로 팔고 있다고 합니다.

이 나라 C(가칭)의 화장품 가게도 예외는 아니었고, 그 예에서 벗어나지 않고 대대적으로 팔고 싶었던 것일 테지요.

가게 앞에는 요정님 화장품이 대량으로 놓여 있었습니다.

"…………."

다만 행사 매대에.

가게에는 손님이 아무도 없었고, 이웃 나라에서 인기, 라느니 하는 말조차 허풍처럼 느껴질 정도로 요정님 화장품은 이 나라에서는 누구의 주목도 받지 못하고 있었습니다.

반액 세일 가격표가 붙어 있었지만, 그래도 가게에는 재고가 그득하게 쌓여 있었습니다. 어쩐지 처량하게 느껴졌습니다. 모처럼 잔뜩 만들어졌건만 역할을 다하지도 못하고 누구에게도 주목을 받지 못하는 동포가 불쌍하게 여겨졌습니다.

상품 자체는 좋은 물건이 틀림없습니다.

그러니 하나 사서, 그리고서 숙소로 돌아갔습니다.

그런데.

사고 나서 깨달았습니다만, 그 요정 화장품이라는 것은 반액 세일 상품인 것치고는 상당한 가격이었습니다.

"……이 화장품, 원래 가격이 터무니없을 만큼 비싸요. 반액이라도 보통 화장품의 배 이상은 하거든요. 안쓰러워서 손을 댔다간 크게 데일 거예요."

숙소로 돌아오자 일레이나 님은 제가 산 화장품을 손에 들면서 말했습니다.

"그런 모양이었습니다……."

설마 빈털터리가 될 줄은 몰랐습니다.

"죄송합니다. 전부 쓸 생각은 아니었는데……."

"아뇨, 아뇨. 신경 쓰지 않아도 괜찮아요. 장을 대신 봐줘서 고마워요. 큰 도움이 됐어요."

일레이나 님은 고개를 숙이며 제게서 봉투를 받아 들었습니다.

"감사 인사 같은 건 됐습니다. 저는 물건으로서 당연한 일을 했을 뿐입니다."

"하지만 감사도 당연한 행위예요."

가볍게 기지개를 켜고 나서, 일레이나 님은 봉투 안으로 손을 뻗었습니다. 안에는 큰길가의 빵 가게에서 구입한 여러 개의 빵과 그리고 다른 점포에서 산 샌드위치와 크루아상. 요청받은 대로 빵뿐. 일레이나 님이 좋아하는 것이자, 요컨대 가치 있는 것이 가득 담겨 있었습니다.

"그나저나, 일레이나 님. 진척은 있으셨나요?"

"보시는 대로예요."

"봐도 잘 모르겠습니다만."

"그럼 조금 난항을 겪는 중이라고 할 수 있겠네요."

곤란하네요, 하고 일레이나 님은 웃었습니다.

일레이나 님의 책상에는 제가 방금 사 온 것이 몇 가지 놓여 있었습니다.

이미 개봉한 상태지만, 사용한 흔적은 없습니다.

말하길, 일레이나 님은 이 나라의 화장품 가게── 마침 제가 선물을 산 화장품 가게에서 의뢰를 받아 요정님 화장품의 성분을 조사하고 있다고 합니다.

과연 기성품의 성분을 조사하는 것에 대체 어떤 이득이 있을까요?

"이 나라의 화장품 가게 주인이 말하길, 요정님 화장품 자체의 완성도는 상당히 좋다고 해요. 피부도 확실하게 고와지는 모양이에요. 하지만 이 나라에서는 전혀 팔리지 않죠."

"……비싸기 때문인가요?"

"이 나라에서는 애초에 화장품이 요정님의 모습을 하고 둥실둥실 날아다니는 것에 혐오감을 보이는 사람이 많은가 봐요. 기분 나쁘다는 의견이 압도적으로 많았어요."

"상품 콘셉트 전면 부정이로군요……."

"기이해 보이는 것만으로 거부감을 느끼는 자도 있다는 거겠죠."

셀러브리티뿐인 나라에서는 이러한 특별한 연출이 고급스러운 느낌, 혹은 독자성으로 연결되어 가격이 높은 것에 설득력을 더해주고 있다는 모양입니다만, 이 나라에서는 "그런 것보다 차라리 싸게 해줬으면 좋겠습니다"라는 의견이 압도적으로 많았다고 합니다.

뭐, 지당한 이야기이기는 하군요.

"요정 화장품의 품질 자체는 이 나라에서도 높게 평가받고 있어요. 하지만 가격은 비싸고, 필요 없는 요소도 있으니까요. 그래서 이 나라의 화장품 가게는 성분을 연구해서, 한층 저렴하면서도 비슷한 물건을 만들기로 했나 봐요."

다행히, 이 나라에서는 아무도 원조 쪽에는 관심을 두지 않는 모양이니까요――라고 일레이나 님은 말했습니다.

모처럼의 고급품인데 아무도 구입하지 않는 것은 통탄할 만한 이야기이기는 합니다만.

"비싸고 귀하고 특별하다고 해서 누구에게나 훌륭한 가치가 있는 좋은 물건인 건 아니라는 거로군요."

그리고 동시에 싸고 간단히 손에 넣을 수 있다고 해서 아무도 흥미를 느끼지 않는 가치 없고 조악한 물건뿐인 것도 아니겠지요.

일레이나 님은 조금 전 제가 산 저렴한 빵을 우물우물 베어 물고, 꿀꺽 삼켰습니다.

"뭐, 비싼 물건에는 새로운 것을 만들어내기 위한 노력이 담겨 있고, 싼 물건에는 널리 유통하기 위한 노력이 담겨 있다는 이야기일 뿐일 테죠."

질보다 양도 아니고, 양보다 질도 아닌, 결국 가치가 높은 물건이란 자신의 가치관에 달린 것이라는 뜻일까요?

즉, 가격만으로는 물건의 좋고 나쁨을 가늠할 수 없다는 뜻이기도 합니다.

흐음흐음.

불쑥, 방 안을 걸어가 커다란 거울 앞에 섰습니다. 그리고 제 주인과 닮은 외모의 자신을 새삼스레 바라보았습니다.

"저는 어떨까요?"

고개를 갸웃거렸습니다.

"가치가 높은 물건일까요? 아니면 가치가 낮은 물건일까요?"

애초에 가격 같은 건 붙어 있지조차 않은 저이기에, 저 자신의 가치는 가늠할 수가 없습니다.

저는 좋은 물건일까요? 아니면 나쁜 물건일까요?

"그야 뻔한 거 아닌가요?"

일레이나 님은 다시 저렴한 빵을 덥석 한 입 베어 물고서, 말했습니다.

"제 물건입니다"라고.

…………

"일레이나 님. 답이 안 됩니다만."

"돼요." 우물우물.

"일레이나 님."

"그나저나, 이 샌드위치 얼마였나요?"

©Azure

"동화 한 닢으로 싼 겁니다."

"큰길가의 점포에서 파는 거로군요."

"아시겠나요?"

"네, 좋은 물건이라 맛을 기억하고 있어요." 우물우물.

"일레이나 님, 저는 좋은 물건이라고 생각하시나요?"

"우물우물."

"일레이나 님."

○

그러고서 한 달 정도가 지났을 무렵.

제가 어느 나라를 방문한 직후의 일입니다.

"마녀님. 거기 마녀님."

길가에 면한 화장품 가게의 직원이 제게 말을 걸어왔습니다.

"괜찮은 상품이 있는데, 한번 보고 가시지 않겠어요?"

참으로 수상한 말과 함께 손짓을 하는 화장품 가게 직원. 이 나라에 이제 막 도착한 저는 빗자루를 끌어안은 채, 화장품 가게 매장에 늘어선 상품을 바라보았습니다.

그것이 바로 직원분이 추천하고 싶었던 화장품이었나 봅니다.

"마녀님, 눈이 높으시네! 이쪽은 이웃 나라에서 만들어진 화장품이거든요? 피부가 매끈매끈해진다며 지금 우리나라에서 큰 인기예요. 하나 어떠신가요?"

"…………."

그곳에 진열된 것은 눈에 익은 패키지.

요정님 화장품.

다만 나라 A(가칭)에서 만들어진 것과는 달리, 이쪽은 다른 나라에서 만들어진 유사품. 요정님이 입맞춤을 해준다고 하는 연출은 빠지고, 평범한 화장품이 되어 있었습니다.

그런고로 가격도 나름 저렴해졌습니다.

"이거, 아주 좋은 상품이거든요. 어떠신가요? 지금이라면 테스트도 가능해요."

우후후후 하며 직원분은 저에게 바짝 다가왔습니다.

이런, 강매입니까?

저는 한 걸음 물러났습니다.

"됐습니다."

아무리 싸다고 해도, 애초에 저는 그 화장품에 관해서 빠삭합니다. 어떤 영업 토크도 받아들일 마음이 들지 않습니다.

그보다.

"이미 갖고 있습니다."

저는 가방에서 화장품을 꺼냈습니다.

가게에 진열된 것과 아주 똑같은 물건입니다.

"어머나, 이미 갖고 계셨구나."

결국 제게 화장품을 강매할 수는 없게 되었습니다만, 직원분은 특별히 신경 쓰는 기색도 없이, 제 옆에 선 채로 미소를 지었습니다.

"그거, 아주 좋죠?"

영업이라기보다는 단순한 잡담인가 봅니다.

"그러네요——."

저는 화장품을 가방 안에 다시 넣으면서 빗자루를 들었습니다.

양손으로, 소중하게.

"그렇지 않다면 가지고 다닐 이유가 없죠."

이것은 제 것이자.

가치 있는 좋은 물건이니까요.

제8장

변변치 못한 사리오

초여름.

제가 그날 여행 중에 도착한 공국 아레살리는 소문에 따르면 치안도 상당히 좋고 방문한 여행자들에게 매우 친절한 주민들뿐인 멋진 나라라는 평판을 받고 있다고 합니다.

예를 들면 여행자가 길을 헤매고 있으면 당연하게 말을 걸어주고, 게다가 세상 돌아가는 이야기를 하면서 함께 길을 걸어준다고 합니다. 때때로 식사를 대접해주기도 한다고 들었습니다.

그것참 멋진 나라로군요.

그런데 치안이 좋다는 것은, 그것은 바꿔 말하자면 올바르지 않은 것을 절대로 용서하지 않는 국민성을 가지고 있다는 뜻이기도 합니다. 선량한 시민뿐인 이 나라에서 거짓말이나 배신은 용서받을 수 없는 중죄 그 자체입니다.

이 공국 아레살리에 관해 가르쳐준 분은, 이 나라를 이렇게 평가했습니다.

"변변치 못한 인간에게는 불편하고, 선량한 인간에게는 편한 나라."

라고.

과연, 그렇군요.

"그럼 저에게 있어서는 좋은 나라겠네요."

이 나라에 관해 들은 시점에서 저는 그런 적당한 말로 답하고,

177

깊게 생각도 하지 않고 오늘 이 나라에 다다르기에 이르렀습니다.

문을 통과해 길을 걸었습니다.

소문대로 좋은 사람뿐이었습니다.

"우리나라, 공국 아레살리에 오신 것을 환영합니다!"

경례하는 위병님의 목소리가 등 뒤에서 들려왔고, 저는 나라의 거리를 걸었습니다.

"안녕하세요. 마녀님. 어디서 오셨나요?" "괜찮다면 우리 가게에서 한 잔 어떠세요? 아, 물론 돈은 안 받아요. 후후." "긴 여행에 지치셨죠? 우리 숙소에는 아주 좋은 방이 있답니다."

지나칠 정도의 친절이 마을에는 가득했습니다.

잠시 걷는 동안에도 여러 점포에서 손을 흔들어 왔습니다. 말을 걸어왔습니다. 이 나라의 거리에 늘어선 가게 중에서 어느 가게가 제일 맛있다느니, 요즘 이 나라의 유행은 무엇인지, 여러 이야기를 해주었습니다.

빵을 파는 노점 주인분에 이르러서는 갓 구운 빵을 "괜찮아 괜찮아. 공짜야. 가져가!" 하고 말해주는 지경.

좋은 나라로군요.

좋은 사람뿐인 나라로군요.

진짜 정말로, 현기증이 날 정도로 깨끗하고 올바른 좋은 사람뿐인 나라입니다.

"…………."

그 후로 저는 세 시간 정도 체재한 다음 그 나라를 떠났습니다.

세 시간.

체재라기보다 그대로 지나쳐 왔다고 하는 편이 맞을 정도의 시간입니다.

너무나도 짧아서 출국 때는 위병님이 "어라……? 벌써 출국하시는 겁니까……?" 하고 의아한 표정을 지을 정도였습니다.

좋은 사람뿐인 훌륭한 나라에서, 친절한 사람들에게 둘러싸여 있으면서 고작 세 시간 만에 문까지 돌아와 버렸으니, 위병님은 무척이나 의심스러워했고, "혹시 우리나라 사람들이 마녀님께 실례를 저질렀습니까……?" 하고 망설이며 물었을 정도였습니다.

저는 "아뇨 아뇨" 하고 고개를 저었습니다.

"딱히 이 나라가 싫어서 나가는 건 아닙니다."

제가 이 나라를 방문한 것은, 하나의 목적을 위해서입니다.

목적이라고 할까, 확인하고 싶었던 것이 하나 있었기 때문에 들렀을 뿐이었습니다.

"이 사진이 마을에 퍼져 있는지 어떤지 확인하고 싶었습니다."

말하면서 저는 들어 보였습니다.

그것은 이 나라 출신인 변변치 못한 인간이 찍은 한 장의 사진이었습니다.

○

시간을 조금 거슬러 올라, 늦겨울.

그날 작은 한촌을 떠난 직후의 저는 은백의 세계를 빗자루로 날았습니다.

하늘은 끝없이 푸르고 맑았고, 나아가는 곳에는 발자국 하나 없었습니다. 아직 누구도 발을 들이지 않은 하얀 세계에, 저는 빗자루 끝으로 선을 그렸습니다. 완만한 경사면 위에서, 한 줄 선을 그리면서, 저는 아직 보지 못한 길을 향해 나아갔습니다.

숨을 들이쉬면 차가운 공기가 가슴 가득 퍼집니다.

맑게 갠 하늘의 햇살은 겨울의 메마른 나무를 붉게 비추고 있었습니다.

빗자루를 몰면서, 다시 한번 숨을 들이쉬었습니다.

그것참.

"아무것도 없군요······."

훌륭하리만치, 아무것도 없군요······.

애초에 제가 그때 지나가던 산길은 눈에 뒤덮인 평범한 길로, 아무리 나아가도 아무것도 없는 정말로 평범한 길일 뿐이었습니다.

시야에 보이는 범위 내에는 아무것도 없습니다.

눈이 보이지 않게 될 때까지, 그저 똑같은 하얀 세계가 이어질 뿐입니다.

할 일이 있다고 한다면 심심풀이 삼아 빗자루로 눈 위에 그림을 그리는 정도로, 요컨대 저는 그때 나름 지루해하고 있었습니다.

"············?"

그래서였던 것은 아니지만, 제가 나아가는 산길에 이변이 일어난 것을 상당히 빠르게 눈치챌 수 있었습니다.

빗자루의 손잡이 끝, 제 진행 방향에 몇 사람과 한 마리 생물의 모습이 보였습니다.

깨끗한 설원 위, 아기 고양이 같은 작은 생물이 얌전히 앉아 있는 것이 보였습니다.

일반적인 아기 고양이보다 조금 크고, 몸은 희고 아름다운 털에 검은 얼룩무늬. 다리는 짧고, 체형은 전체적으로 둥그스름해서 눈덩이를 연상시키는 실루엣이었습니다.

"……저건 뭔가요?"

빗자루를 멈추며 눈을 가늘게 떴습니다.

결코 그 고양이 같은 생물이 기묘했기 때문이 아닙니다. 아니, 본 적도 없는 생명체에 조금 설렜다는 것은 부정할 수 없습니다만, 그러나 제가 의아하게 여긴 것은, 어느 쪽인가 하면 그보다 조금 앞── 아기 고양이 같은 생명체가 하품을 하면서 바라보는 방향에 있는 것이었습니다.

그곳에는 사람의 모습이 셋 정도 있었습니다.

"으아아아아! 아아아아아아아아아아아아앗!"

눈 위에 드러누워서 비명 같은 소리를 지르는 것은 한 여성. 눈 위에서 버둥거리며 몸부림을 치면서도, 얼굴을 지키려는 듯이 양손으로 덮어 가리고 있었습니다. 하얀 옷을 입고 있는 탓인지, 마치 눈에 녹아들어 있는 것처럼 보이지 않는 것도 아니었습니다.

그리고 그런 그녀에게 무자비하게 곤봉을 휘두르는 두 남자의 모습도 보였습니다. 수상한 망토를 걸친 2인조 남자들은 가차 없이, 사양이나 주저도 없이, 아마도 온 힘을 다해서 한 여성을 괴롭히고 있었습니다.

"으아아아아아아아아아아아앗!"

비명을 지르는 여성.

"⋯⋯⋯⋯."

대체 어떠한 사정으로 이러한 광경이 펼쳐지게 되었는지는 모릅니다. 어쩌면 수상한 차림의 두 사람에게는 사정이 있을지도 모릅니다. 눈 위에서 비명을 지르는 그녀에게는 맞을 만한 이유가 있을지도 모릅니다.

그러나 기분 좋은 광경이 아니라는 것만은 분명했습니다.

사정도 잘 모른 채 그저 괴롭힘을 당하고 있는 모습을 바라보며 불쌍하다고 안타까워하는 것은 어리석은 사람이 하는 짓이라는 것은 알고 있지만, 그러나 알고 있어도 외부인은 반사적으로 약자의 편을 들게 되고 마는 법입니다.

그래서 저는, 빗자루에서 내렸습니다.

그리고 지팡이를 꺼내 들고 여성 쪽으로 다가가, 일단 마법이라도 날려서 여성과 남성 둘을 떼어놓으려 했습니다.

"저기, 괜찮으——."

그러나.

"아니이이이이이이이이이이이이이이이이이이이이야!"

제가 끼어들려 한 그 직후였습니다.

계속 맞고 있던 여성이 설산이 울릴 정도의 노성과 함께 그 자리에서 일어났습니다. 갈색의 긴 머리카락을 거칠게 흩뜨리며 눈을 떨구려 하는 그 모습은 한창때의 여성이라고는 생각할 수 없을 만큼 와일드.

그 손에는 지팡이가 있었습니다.

하얀 옷은 로브였고, 그리고 롱스커트였습니다. 요컨대 그녀는 마법사였습니다. 살펴본 바로는 브로치도 코사지도 보이지 않았습니다. 마도사인 것일 테지요.

그나저나 무참하게 맞고 있었을 터인데, 그녀는 의외로 기운 넘쳤습니다.

"전혀 아니야 이 멍청이들아아아아아아아아!"

일어서자마자 그대로 지팡이를 든 손을 휘두르는 그녀. "에이이이잇!" 그대로 남성을 온 힘을 다해서 때렸습니다. "으라차아아아아!" 그리고 또 한 사람을 있는 힘껏 차 날렸습니다.

──마법은, 쓰지 않는 겁니까……?

멀리서 바라보며, 그 너무나도 이질적인 모습에 입을 떡 벌릴 수밖에 없었습니다. 마법도 제대로 쓰지 않고 폭력에 호소하는 모습도 기묘했습니다만, 무엇보다, 온 힘을 다해서 남성 두 사람에게 덤벼드는 그녀의 몸에는 눈이 조금 묻어 있을 뿐, 상처 같은 것이 전혀 보이지 않았던 것입니다.

얼굴도 깨끗한 상태입니다.

조금 전까지 가차 없이 맞았을 터입니다. 다소나마 상처를 입었어도 이상하지 않을 터입니다만──.

"네놈들은 어째서 그런 단조로운 동작밖에 못 하는 거야! 조금 더 인간다운 움직임을 해보라고!"

눈 위를 구르는 두 남성을 더 차 날리는 갈색 머리카락의 마법사.

"…………."

──마법은, 쓰지 않는 겁니까……?

그렇게 저는 당혹스러워하며 그 모습을 그저 지켜보고 있었습니다만, 무슨 일이 벌어지고 있는 것인지 전혀 이해되지 않았습니다.

유일하게 이해할 수 있었던 것은, 지금 있는 힘껏 발차기를 맞은 두 남성이 인간이 아니라는 사실이었습니다.

그녀에게 발차기를 당한 남성 둘은, 그대로 몸이 후두둑 부서지고, 질척하게 녹아서, 눈에 흔적을 남긴 채 사라지고 말았습니다.

아무래도 두 사람은 마법으로 만들어진 인형인 모양이었습니다.

"그런데, 당신은 누구?"

일단락을 짓고 냉정함을 되찾은 것일까요? 지팡이를 쥔 채로, 갈색 머리카락의 여성은 이쪽을 돌아보았습니다.

조금 전까지의 난폭한 모습은 흔적조차 남아 있지 않았고, 만면의 미소로 그녀는 저를 바라보았습니다. 맑은 눈동자였습니다.

나이는 20대 초반 정도일까요?

어쩐지 붙임성 좋고 애교 있는 미소였습니다.

"안녕. 이런 데서 만나다니, 뜻밖이네."

후후후, 하고 웃는 그녀.

"…………."

아니, 무리입니다…….

인형에게 있는 힘껏 맞고 있던 현장에서 주먹과 발차기를 날리기에 이르는 흐름을 전부 지켜본 상태에서 그런 미소를 보여준다고 해도, 거부감 없는 미소를 돌려줄 만큼 저는 완벽한 인간이 아닙니다…….

"이런. 미안 미안. 좀 이상한 오해를 하게 한 모양이네."

어깨를 으쓱이는 그녀. 저는 그저 한결같이 질려 하고 있었습니다만, 그녀는 전혀 개의치 않았습니다. 그리고 그녀는 지팡이를 자신의 얼굴 앞으로 들고, 종이를 한 장 준비했습니다.

직후에 지팡이 끝에서 마력 덩어리가 흘러나와 뭉게뭉게 연기처럼 흔들리면서도 하나의 형태를 갖추어 갔습니다.

네모난 상자 같은 형태이면서, 그러나 이쪽을 향해서 둥그스름한 렌즈를 들이대고 있었습니다. 그것은 보면 볼수록 카메라로 보이는 형태를 띠어갔습니다.

"……그건, 뭡니까?"

눈치가 없는 저입니다.

대답 대신에 그녀는 지팡이를 손끝으로 톡 눌렀습니다.

직후에 찰칵하고 지팡이 끝에서 빛이 발했고, 종이가 팔랑팔랑 제 쪽으로 날아왔습니다.

어이없는 얼굴을 한 제가 그곳에 찍혀 있었습니다.

즉석으로 사진을 찍는 마법인가 봅니다.

"아까 그건 전부 촬영을 위한 거였어. 인형을 쓰면서 촬영할 수 있을지 어떨지 시험을 좀 해본 거야."

그녀는 웃었습니다.

"혹시 나쁜 남자들이 가엾은 여자아이를 괴롭히고 있는 것처럼 보였어? 하지만 보이는 대로, 그런 남자들은 존재하지 않아."

눈에 펼쳐진 흔적을 가리키며 웃는 그녀.

…………

아뇨…….

"어느 쪽인가 하면 무서운 마법사가 두 남성을 못살게 구는 것처럼 보였습니다만……."

그녀는 다시 웃었습니다.

"그런 마법사도 존재하지 않아."

○

설산에서 촬영을 하고 있던 그녀는 이어서 "내 텐트가 근처에 있어. 이런 데서 만난 것도 인연이니까, 차라도 마시자"라며 안내해주었습니다.

서서 이야기를 계속하기에는 너무 추웠고, 저도 그녀에게는 흥미가 있었습니다. 거부할 이유는 없을 테지요.

눈을 밟으며 걸었습니다.

저와 그녀를 이끌듯이 자그마한 생명체가 꼬리를 흔들고 있었습니다. 눈에 생긴 귀여운 발자국을 따라가듯이, 저는 걸었습니다.

그나저나 이 생명체는 대체 뭘까요?

제가 고개를 갸웃거리자, 옆에 선 그녀는 "아아" 하고 생각났다는 듯이 이쪽을 보았습니다.

"그러고 보니 자기소개를 아직 안 했네. 내 이름은 사리오. 잘 부탁해."

그렇게 말하며 손을 내밀어 왔습니다.

악수로군요.

"저는 일레이나입니다. 재의 마녀입니다. 여행자입니다."

저는 그녀의 손을 잡으면서 답했습니다. 가볍게 쥔 손은 겨울 추위에 차갑게 얼어 있었습니다.

"나는 보시다시피 마도사. 마법사로 출세하는 데는 흥미가 없어서 말이야."

흥미 있는 건 이거야, 이거라며 그녀는 지팡이 끝에 상자를 내놓았습니다. 사진을 찍는 종류의 마법입니다. 일단 브이를 해 보였습니다만, "아까 찍었잖아"라며 다시 집어넣어 버렸습니다.

말하길, 돈이 되지 않는 사진은 최대한 찍지 않는 주의라고 합니다.

어머나.

"제 얼굴에 상품 가치는 없는 겁니까……."

조금 풀이 죽는군요…….

"아니, 내가 찍고 싶은 종류의 사진이 아니라는 거야."

고개를 저으며 그녀는 말했습니다.

"나는 풍경과 귀여운 생명체 같은 걸 찍는 데는 흥미가 없어서."

"귀여운 사람……."

조금 부끄럽군요…….

"너 뭐야? 본인 얼굴이 좋은 거야?"

노골적으로 어이없어하는 사리오 씨.

"내가 찍고 싶은 것은 주로 특종 사진이야. 그러니까 평범한 풍경이나 인물은 그다지 찍지 않아."

"특종인가요."

하지만 그 바람과 두 남성에게 곤봉으로 흠씬 두들겨 맞고 있던 경위는 전혀 이어지지 않습니다만……?

당황스러워하는 저였습니다만, 아마도 제 속마음은 그녀에게 전혀 전해지지 않을 테지요. 그리고 사리오 씨는 발자국을 내고 있는 작은 생명체를 내려다보았습니다.

"그러고 보니, 이 아이 소개도 아직이었네. 이 아이 이름은 포치. 내 파트너야."

그렇게 편안한 분위기와 함께 작은 생명체를 소개.

"포치……."

"좋은 이름이지?"

"네에, 뭐……."

귀여운 느낌의 이름이기는 합니다.

"이 생물의 이름은 뭐라고 하나요?"

고양이처럼 보이지만, 그러나 그런 것치고는 몸이 동글동글하고, 다리는 짧고, 털은 길었습니다. 고양이 같지만 고양이가 아닌 신기한 생명체로 보였습니다. 우는 소리는 고양이 그 자체였습니다만.

"안지아라는 이름의 종이야. 몰라?"

"저는 여행자인지라."

"이 녀석은 이 주변 지역에서 서식하고 있어. 희귀한 생물이지."

말하길, 안지아라는 종은 주로 이 지역의 설산 쪽에 서식하고 있는 생물이라고 합니다.

좀처럼 사람 앞에 모습을 드러내는 일이 없고, 은백의 세계에서 몰래 살아가는 그들은 성체가 되어도 고양이보다 덩치가 작아서, 눈 속에 있을 때면 털 색도 어우러져서 거의 보이지 않는다고 합니다. 또 안지아의 대부분은 경계심이 강해서 사람의 모습을 보기만 해도 바로 도망쳐버린다고 합니다.

그런 것치고는, 우리를 선도하는 사리오 씨의 파트너인 포치는 사람을 잘 따르는 것처럼 보였습니다.

"이 녀석은 조금 특이해."

사리오 씨는 그렇게 말하면서 자신의 작은 파트너를 바라보았습니다.

그리고 조금 더 나아간 곳에는 1인용 텐트가 쳐져 있었고, 그 바로 앞에는 의자가 하나.

"앉아도 돼."

그녀는 저를 재촉해 앉게 하더니, 텐트 안으로 들어가 예비 의자를 가지고 왔습니다. 그리고 제 맞은편에 앉았습니다.

보니 저희 사이에는 막대기가 하나 꽂혀 있었습니다. 파트너 포치가 그녀의 무릎 위로 뛰어올라 몸을 둥글게 말았을 무렵에, 그녀는 지팡이를 흔들어 막대기에 불을 붙였습니다.

마법으로 붙인 불은 저희 사이에서 열기를 발하면서 겨울바람에 크게 일렁였습니다.

"따뜻하지?"

후후후, 하고 웃음 짓는 사리오 씨.

말하길, 마법 도구의 일종으로 설원에서 모닥불을 피울 수 있는 편리한 굿즈라고 합니다.

"그러네요⋯⋯."

따스한 온기에 온몸에서 힘이 빠져나가는 것이 느껴졌습니다. 한숨이 새어 나오고 말았습니다.

"그나저나 이렇게 추운 데서 무슨 촬영을 하고 있었나요?"

불기운을 쬐지 않으면 좀처럼 견디기 힘든 가혹한 환경이라고 생각합니다만.

저는 이곳을 지나갈 뿐이고, 당장에라도 내려가 버릴 수 있습니다. 하지만 그녀는 텐트를 칠 정도로 이곳에서 오래 머물고 있는 모양이었습니다.

그만큼 중요한 사진을 찍어야만 하는 것일까요?

"여기서 남쪽으로 조금 나아간 곳에는 공국 아레살리라는 나라가 있어."

그 말을 듣고 저는 주변을 살펴보았습니다.

보이는 모든 곳이 눈으로 온통 뒤덮여 있었고, 나라 같은 것은 확인할 수 없었습니다. 공국 아레살리는 여기에서 나름 멀리 있는가 봅니다.

사리오 씨는 지팡이를 다루어 텐트 안에서 찻잔을 두 개, 마법으로 둥실둥실 띄워 가져왔습니다.

움직이는 것이 귀찮았나 봅니다.

"여기서는 확인할 수 없지만, 아레살리는 내 고향이야. 봄은 따뜻하고, 겨울에는 눈이 내리지. 여름은 그럭저럭 선선하고 가을에는 단풍을 볼 수 있어. 지나칠 정도로 친절한 사람이 많고, 상냥한 주민뿐인 멋진 나라라고 평가받고 있다고 들었어. 치안도 좋아."

홍차를 담은 찻잔이 눈앞에서 떠다녔습니다.

저는 그녀에게 감사 인사를 하고서 그것을 받아 들며 "그럼 좋은 나라로군요" 하고 답했습니다.

"그래. 나는 싫어하지만."

"어째서죠?"

"너무 좋은 나라라서 나 같은 비열한 인간이 한 사람도 없거든."

"비열하다고 자칭하는 것에 비해, 저한테는 친절하게 대해주시는 것 같은데요."

저는 지적했습니다. 무릎 위의 찻잔과 우리 사이에서 흔들리는 작은 불.

"아니 아니, 충분하고도 남을 만큼 비열해."

아니 아니. 하지만 저, 알거든요? 이런 식으로 자학적인 인간은 근본부터 좋은 사람이라는 것을. 당신은 그런 부류의 분이죠? 안 속거든요?

"마녀님. 그런데 말이지, 노이즈 마케팅이라고 알아?"

헤헤헤, 갑자기 표정이 풀어지는 사리오 씨.

큰돈을 앞에 두었을 때의 저와 대략 나란히 설 수 있을 법한 느낌의 얼굴을 하고 있었습니다.

"…………."

이런, 안 좋은 예감이 드는데요.

"내 고향 쪽에서 안지아는 매우 사랑받고 있어서, 비싼 값에 거래돼. 아까도 이야기했지만, 안지아는 경계심이 강해서 좀처럼 사람 앞에 나오지 않거든. 야생 안지아 같은 건 거의 구할 수 없을 정도야."

"당신 파트너인 포치는 어떻게 구한 겁니까?"

"응? 밀렵."

"우와아."

"거짓말이야. 평범하게 샀어."

진위는 정확하게 알 수 없지만, 무릎 위의 파트너는 그녀의 말에 하품을 하셨습니다.

사리오 씨는 사랑스럽다는 듯이 바라보면서 그 부드러운 털을 쓰다듬었습니다.

"요즘엔 말이지, 귀엽디귀여운 안지아한테서 돈 냄새를 맡고 남획하려 하는 녀석들이 끊이지를 않아. 아까 내가 마구 때렸던 인형, 기억해?"

"네."

한동안 꿈에 나올 것만 같습니다.

"그런 느낌의 차림을 한 녀석들이 요즘 이 설산에서 안지아 불법 포획을 하고 있어. 이 부근은 숨겨진 명당이라서, 다른 곳에 서식하는 안지아에 비해 경계심이 낮은 아이가 많아. 먹이로 낚으면 간단히 잡을 수 있지."

"경계심이 낮은 아이가 많다……."

자연스레 제 시선이 그녀의 무릎 부근으로 떨어졌습니다.

"아니, 이 아이는 아니야."

"아직 아무 말도 하지 않았습니다만."

"말하고 싶은 건 대강 알겠거든."

실례인 녀석이네! 라는 사리오 씨.

특종 사진을 찍고 싶다고 말씀하셨으니, 아마도 안지아 남획 현장을 촬영하고 싶은 것일 테지만 말이지요.

"그래서 남획 명당까지 와서 하고 있는 게, 뭔지 모를 인형을 사용한 촬영인가요?"

대체 어떻게 된 겁니까? 하고 저는 고개를 갸웃거렸습니다.

"아니 아니, 나도 사실은 진짜 장면을 찍고 싶거든? 진짜 밀매 업자를 추적해서, 범죄 현장을 처음부터 끝까지 담아서 고향에 가져가고 싶었어. 하지만 아무래도 지난 며칠은 운이 나빴던 모양이야."

"현장을 잡지 못했던 건가요?"

"야생 안지아와 그저 노는 것만으로 며칠이 지나갔어……."

"밀매업자 쪽이 훨씬 경계심이 높은가 보군요……."

"그런 연유로 마지막 방법을 썼던 거지."

말하면서 그녀는 지팡이를 휘둘렀습니다.

그러자 주변의 눈이 모여들어 사람 형태로 모습을 바꾸어갔습니다. 그녀는 눈으로 된 조각상을 찬찬히 바라보더니 "뭐, 이 정도면 되겠지"라며 고개를 끄덕이고, 주머니에서 작은 병을 꺼냈습니다.

뚜껑을 열고 병 안의 액체를 눈 조각에 뿌리자, 변화는 바로 나타났습니다.

조금 전 사리오 씨에 의해 후두두 무너졌던 남성의 모습으로 바

193

꿰었던 것입니다.

"내가 갖고 있는 건 특수한 마법 약이거든. 눈에 뿌리면 진짜랑 똑 닮은 가짜를 만들 수가 있어. 힘껏 치지 않는 한 가짜라는 건 들키지 않을 거야."

"…………."

여기까지 이야기를 듣고 나니 그녀가 무얼 하려 했는지를 어렴풋이 눈치를 챌 수 있었습니다.

그녀는 말했습니다.

"아무리 해도 현장을 찍을 수 없어서 말이야. 이 녀석들과 내 파트너를 써서, 밀매 현장을 재현하려고 했던 거지."

"……하지만 마법으로 인형을 조종하면서 사진을 찍는 건 상당히 어려운 일이 아닌지?"

"맞아. 그래서 아까는 결국 때려 부수게 됐지 뭐야."

후후후 하고 웃는 그녀.

요컨대 잘 풀리지 않았던 것일 테지요.

한 번에 두 개의 복잡한 마법을 행사하는 것은 상당히 수고스러운 일이라고 생각합니다. 게다가 특종을 찍고 싶은 그녀로서는 조잡한 사진으로 타협하고 싶지 않았을지도 모릅니다.

그렇다고 해서 가짜 사진으로 타협하려고 하는 점은 조금 이해하기 어렵습니다만…….

"찍은 사진을 고향에 뿌리면, 신문사에서 비싸게 사들일 거야. 불이 붙으면 내 이름도 알려지고. 좋은 일만 남았다니까. 만만세지."

"그러니까 돈만 벌 수 있으면 뭐든 상관없다는 건가요?"

"뭐 그런 셈이지."

사람은 자극을 원하는 생물입니다.

특히 온 나라에서 사랑받는 생명체가 나쁜 어른들의 손에 의해 남획되고 있다는 사실을 알면 온 나라에서 좋게든 나쁘게든 화제가 될 테지요.

안지아 남획은 좋은 돈벌이 소재라는 뜻입니다.

"하지만 사진은 가짜잖아요?"

"그래도 불법 포획이 벌어지고 있는 건 사실이야. 과격한 사진을 찍으면 좋게든 나쁘게든 주목을 받을 수 있어."

나쁜 소문일수록 빠르게 퍼지는 법입니다.

그러나 이러한 과격한 방식이라는 것은 언제나 본질과는 관계없는 곳에서, 본질과는 관계없는 소동을 일으키는 법이기도 합니다.

한번 붙은 불길은 결코 제어할 수 없습니다.

"불이 붙더라도, 마지막에는 누구의 기억에도 남지 않을지도 모르잖아요?"

"하지만 내 주머니는 두둑해지지."

우리 사이에서 자그마한 불꽃은 여전히 흔들흔들 바람에 흔들리며 희미한 열기를 발하고 있었습니다.

과연, 돈만 손에 들어오면 그걸로 충분하다는 것일 테지요.

"나쁜 사람이라고 자칭할 만하네요……."

친절한 사람뿐인 나라 출신이라고는 도저히 생각할 수 없을 정도입니다.

"그나저나, 마녀님. 나는 친절한 사람뿐인 고향을 싫어하지만,

고향의 풍습 중 딱 하나 좋아하는 게 있어."

갑작스럽군요.

"뭡니까?"

저는 홍차를 한 모금 마시면서 고개를 갸웃거렸습니다.

그녀는 말했습니다.

"내 고향에는, 한 잔의 차를 대접받으면 무언가 답례를 해야만 한다고 하는 풍습이 있어. 뭐, 차가 아니라도 뭐든 상관없지만. 아무튼 누군가 친절을 베풀었다면 무언가 보답을 해야만 한다는 거지. 친절한 마음으로 가득한 사람들뿐인 나라다운 훌륭한 풍습이라니까."

"…………."

"참고로 내 고향 녀석들은 예의에는 엄격해서 말이야, 은혜를 받고서 아무런 답례도 하지 않는 못된 놈은 철저하게 두들겨 맞는다고 하는 괴로운 체험을 하게 되지."

"…………."

"그리고 나는 이제부터 촬영을 재개하려고 하거든."

거기까지 말하고서, 그녀는 차가워진 홍차를 전부 비웠습니다.

그다음 말은 아무래도 삼켜버린 것 같았지만, 그러나 "말하고자 하는 바는 알지?" 하고 그녀의 행동 하나하나가 이야기하고 있었습니다.

완전히 사그라든 도우미 인형을 이용하는 것보다, 훨씬 생생한 장면을 찍고 싶다는 뜻일 테지요.

어라 어라.

"진심입니까?"

"계속 말했잖아? 나는 비열한 인간이라고."

"자학이라고 생각했습니다."

"사실이야."

저는 손에 들고 있던 남은 홍차를 들이켜며, 푸르게 펼쳐진 하늘을 바라보았습니다. 아직 온기가 남아 있던 홍차는 몸을 천천히 데워갔습니다.

하아, 하고 숨을 내쉬면 희미하게 하얗고 탁한 숨이 둥실 날아올라 우리 사이의 불길을 흔들었습니다.

"친절함과 비열함은 종이 한 장 차이로군요……."

○

그래서, 그런 흐름을 거쳐서 저는 사리오 씨와 함께 설산에서 변변치 못한 짓을 하게 되었던 것입니다.

바로 가짜 특종 사진 촬영.

원래대로라면 밀매업자 차림을 한 인형을 써서 사진을 찍을 예정이었습니다만, 우선은 예행연습을 겸해서 제가 인형 대신에 안지아를 억지로 잡는 밀매업자 역할을 맡게 되었습니다.

"그럼 우선 원하는 대로 포즈를 취해봐."

사리오 씨의 엉성한 지시에 따라 촬영은 시작되었습니다.

찰칵찰칵, 지팡이에서 빛이 발해졌습니다.

"후후후…… 아까부터 신경이 쓰였습니다만…… 털 결이 아주 좋네요…….”

눈이 뒤덮인 곳. 포치를 무릎 위에 올려놓고 쓰다듬는 저. “냐아앙” 하고 기분 좋은 듯이 우는 자그마한 생명체는 고롱고롱 목을 울리고 있었습니다. 동글동글 통통하지만 않으면 정말로 평범한 고양이 같습니다.

아주 느낌이 좋군요…….

“어이어이, 잠깐잠깐! 밀매업자가 그렇게 애정을 듬뿍 담아 안지아를 쓰다듬을 거라고 생각해? 더 물건처럼 마구 다뤄봐!”

“네에…….”

수정을 요청받고 말았습니다. 바라는 그림과 조금 달랐나 봅니다.

“그럼 이 도구를 써서 해봐.”

그렇게 말하며 건넨 것은, 고기가 달린 작대기.

“아, 네.”

지시받은 대로, 저는 그녀의 요청에 따랐습니다.

찰칵, 찰칵.

“자자. 이거 갖고 싶은가요? 후후후…… 점프해보세요.”

“냐아.”

눈 위를 뛰어다니는 포치. 그 시선 끝에는 고기. 덥석 베어 물더니, 육즙을 눈 위에 흩뿌리면서 으르렁거리고 욕심을 냈습니다. 와일드하군요…….

“어이, 뭐 하는 거야? 눈 위에서 좀 더 억지로 먹여! 내 파트너는 말이지! 그렇게 얌전하게 고기를 먹거나 하지 않는다고!”

“…………”

이쪽은 더욱 와일드하군요…….

"그럼 다음은 이 자루에 포치를 담아봐."

그렇게 말하며 건넨 것은 커다란 자루.

"네에…….."

역시 시키는 대로 그녀의 요청에 응하는 저.

찰칵, 찰칵.

"이런 느낌인가요?"

에잇, 하고 포치 위에 자루를 뒤집어씌우는 저.

"아냐 아냐! 더 저속한 표정으로 자루에 처넣으라고!"

찰칵, 찰칵.

"아니 표정에까지 리얼리티를 요구한들 곤란합니다만…….."

이거 예행연습 맞지요?

"지금 표정 좋았어!"

찰칵.

그 후로도 사리오 씨는 몇 번이고 계속해서 사진을 찍었고, 곧장 종이에 저와 안지아가 장난치는 모습이 찍혀 나왔습니다.

언뜻 보면 까다로운 촬영 담당을 앞에 두고 작은 생명체와 놀고 있을 뿐입니다만, 이것이 상당히 중요한 일이라고 합니다.

"──뭐, 대략 이런 느낌이려나."

사리오 씨는 찍은 사진들을 제게 보여주었습니다.

제가 포치와 놀고 있는 모습은, 본 촬영의 참고자료로 쓰일 예정입니다.

가짜 특종 사진 촬영은 지금부터 시작입니다.

지팡이를 손에 들고, 나란히 선 저와 사리오 씨.

저희가 바라보는 곳에는 밀매업자── 인형과 안지아가 한 마리.

"이 포즈를 취하게 해봐."

사리오 씨는 방금 막 찍은 사진을 제게 보여주었습니다.

"네네."

저는 지팡이를 휘둘러 인형을 조작했습니다.

아무래도 마법으로 인형을 다루며 사진 촬영을 진행하는 것은 몹시 어려운 일인가 봅니다. 그래서 분업해 사진 촬영을 하기로 했습니다.

제가 인형을 조작하고, 사리오는 사진을 찍습니다.

즉, 저는 완전히 그녀의 변변치 못한 장사에 가담하게 되고 만 것이지요.

"이걸로 저는 당신 고향에 가기 어려워졌군요……."

찰칵하고 사진이 찍히고 인형이 포치를 쫓아다녔습니다.

"응? 어째서?"

찰칵하고 사진을 찍으면서도 사리오 씨는 멍한 표정으로 저를 바라보았습니다.

"딱히 신경 쓰지 말고 가면 되잖아? 예행연습으로 찍은 사진이라면 파기할 셈이고, 네가 내 일에 가담했다는 증거는 남기지 않을 생각이야."

"마음의 문제입니다."

예를 들면 증거가 남지 않는다고 해도, 제가 이렇게 가담했다는 사실이 없어지는 것은 아닙니다. 만약 그녀의 의도대로 사진이 온 나라에서 주목을 받는 결과가 나오게 된다면 더욱 그렇습니다.

나라로 향하면, 사진을 찍은 것에 따른 결과를 목격하게 될 테니까요.

가짜 특종 사진으로 사리오 씨는 한몫 벌지도 모릅니다. 주목을 받을지도 모릅니다. 고향 사람들은 반려동물로 키우던 귀여운 안지아를 지키기 위해서 보호 활동 같은 것을 시작할지도 모릅니다.

하지만 나라 사람들 모두가 사리오 씨를 칭찬하리라고는 생각되지 않았습니다. 귀여운 생명체가 비참한 짓을 당하는 사진을 보고 기분이 나빠진 사람도 당연히 있을 테지요.

"나라 사람들의 분노가 자신에게 향할 가능성도 있다는 건 이해한 상태에서 사진을 찍고 있는 거겠지요?"

그녀는 가짜 사진을 보여주고, 나라 사람들을 부추기고, 주목을 모으고, 돈벌이를 하려 하고 있는 것입니다.

당연히, 자신이 붙인 불에 자신이 탈 가능성도 있습니다.

찰칵.

그녀는 사진을 계속 찍으면서, 답했습니다.

"당연하지."

그렇지 않다면 이런 사진은 찍지 않아, 라고.

"…………."

사진을 찍는 그녀의 옆에서 저는 인형을 조작했습니다. 눈 위에서는 작은 생물 안지아가, 제 인형에 의해 자루에 담기고 있었습니다. "냐아" 하고 자루 안에서 지루하다는 듯이 우는 소리가 들려왔습니다.

언뜻 보면, 그것은 불쌍하고 안쓰러운 정경 같았습니다.

친절한 사람뿐인 나라에 이런 모습을 보여주면 분노가 넘쳐나는 것은 면할 수 없을 테지요.

"하나 물어봐도 됩니까?"

"뭔데?"

찰칵하고 사진은 계속 찍히고 있었습니다.

포치가 자루에서 휙 뛰쳐나와서 눈 위를 굴렀습니다. 사이를 두지 않고 사리오 씨는 "다음은 이걸 찍자"라며 조금 전 찍은 제 사진을 들어 보였고, 저는 그녀의 지시대로 인형을 움직였습니다.

찰칵찰칵하고 계속해서 가짜 밀렵 현장이 만들어져 갔습니다.

저로서는 의문이었습니다.

"어째서 이런 성가신 짓을 하는 겁니까?"

돈벌이라면 더 편한 방법이 있을 터입니다. 일부러 고향 사람들에게 증오를 받을 만한 부담을 지지 않아도, 제대로 된 사진을 찍는 편이 견실하다는 것은 틀림이 없을 터입니다.

그녀가 말했듯이 노이즈 마케팅을 한다면 주목을 모을 것은 틀림이 없습니다. 그녀가 유명해질 가능성도 제로는 아닙니다.

그러나 동시에 모든 것을 잃을 위험도 있습니다.

그녀가 지금 찍고 있는 광경은, 그 대상으로 맞는 것일까요?

그녀는 찰칵하고 사진을 찍으면서 말했습니다.

"내 고향에 안지아가 처음 들어온 건, 지금으로부터 5년 정도 전의 일이야."

말하길.

작고 귀여운 외모의 안지아는 순식간에 온 나라에서 인기를 얻었습니다. 많은 가정에서 키우기 시작했고, 많은 가정에서 사랑받았습니다. 아무리 비싸도 구하려는 사람이 끊이는 일은 없었고, 안지아에게 온 나라가 푹 빠졌습니다.

하지만.

"들여온 지 반년이 지났을 무렵, 안지아 도난과 학대가 잇따르게 되었어."

인기 있고 비쌌기 때문이겠지요.

애초에 부유층이 주요 구매자였습니다. 안지아가 유행한 시기부터 부유층을 노린 빈집털이가 늘었다고 합니다.

노려진 것은 돈이 아닌 작은 생명체, 안지아였습니다.

그리고 같은 시기부터 안지아 학대도 나타나게 되었습니다. 뒷골목에서 다쳐 쓰러진 안지아와 숨이 끊어진 안지아가 차례차례 발견되었던 것입니다.

"좋은 사람뿐인 나라라고 해도, 막돼먹은 악인도 조금은 있는 법이지. 어디의 누군가가 안지아를 훔치고, 괴롭히고 있다고 내 고향 인간들은 판단했어."

공국 아레살리는 좋은 사람뿐인 나라.

안지아를 훔치고 괴롭히는 범인을 찾기 위해, 당연하다는 듯이 마을 사람들은 혈안이 돼서 수상한 인간을 찾았습니다.

그리고 얼마 후, 한 용의자가 떠올랐습니다.

"이름은 카에나. 당시 아직 열일곱 살 정도였으려나? 검은 머리카락과 검은 눈동자에, 언제나 검은 옷만 입는 소름 끼치는 마법사였지. 친구도 없었고, 사람과 대화하는 일조차 별로 없을 만큼 과묵한 녀석이었어."

직업은 신문사에 고용된 사진가였다고 합니다만, 대단한 저축도 없고 급여도 불안정했기 때문인지, 그녀는 언제나 싸구려 옷을 입고 저렴한 식사를 했다고 합니다.

소름 끼치는 카에나 씨가 혐의를 받은 것은 도난과 학대 소동이 발생한 직후였습니다. 안지아 도난범 수색을 위해 마을을 순찰하던 선량한 한 국민이 우연히 보고 말았던 것입니다.

카에나 씨가 안지아 사진을 대량으로 소지하고 있던 것을.

"……그런 이유만으로 의심을 받은 겁니까? 그 카에나 씨는."

그저 사진을 갖고 있을 뿐입니다.

하지만, "의심을 눈초리를 받기에는 충분하고도 남을 이유였어. 당시에 안지아는 간단히 살 수 있는 생물이 아니었지. 열일곱 살 정도의 아이가 사다니 이상하다는 의견이 압도적 다수였던 거야."

의심의 눈초리를 받은 카에나 씨.

이윽고 마을 사람들은 수상한 그녀를 이렇게 여기게 되었습니다.

카에나 씨는, 훔친 안지아를 학대하고, 괴로워하는 모습을 사진으로 찍은 다음 뒷골목에 버리는 위험한 인물인 것이 아닐까.

혐의의 시선은 이윽고 사람들 안에서 확신으로 바뀌어갔습니다.

평소부터 소름 끼쳤기 때문에, 공국 아레살리의 사람들은 카에나 씨가 나쁜 사람이라고 단정했던 것입니다.

그녀가 범인이라고 정해지자, 그다음부터 거품처럼 차례차례

증거가 떠올랐습니다.

최근 그녀는 뒷골목을 어슬렁거리는 일이 많았다든가. 지난 몇 개월은 지금까지와는 다르게 사람들과 대화하게 되었다든가. 일찍 귀가하고 싶어 하게 되었다든가.

분명 이것들은 전부 안지아를 훔치고 괴롭혀 기분 전환을 하고 있기 때문일 거라고, 마을 사람들은 생각했습니다.

정의감으로 넘친 사람들은 그녀의 직장으로 몰려갔습니다. 그녀가 벌인 악행들을 폭로했습니다. 그녀가 얼마나 나쁜 사람인지를 선전하며 다녔습니다.

여기까지 오면 이제 증거 같은 건 필요 없습니다.

마을 사람들 안에서는 이미 그녀야말로 안지아를 학대하는 장본인이었으며, 그 주장들이야말로 증거였던 것입니다.

그렇게 마을 사람들에게 그녀는 계속해서 비판을 받았습니다. 길을 걷는 것만으로도 욕설을 듣게 된 날들을, 그녀는 보냈습니다.

그러나 그로부터 얼마 후, 갑자기, 어떤 사실이 떠올랐습니다.

"안지아를 훔치고 다녔던 것은 다른 나라에서 온 장사꾼이었어. 돈이 되는 안지아에 눈독을 들인 장사꾼은, 부잣집에서 훔치고 번식시켜서 돈을 벌 셈이었다나 봐. 평소처럼 도둑질을 하러 들어가다 평범하게 잡혀서 말이야, 사실이 밝혀졌지."

"…………."

요컨대 완벽한 착각.

"카에나가 뒷골목을 어슬렁거렸던 건, 안지아의 보호 활동을 하고 있었기 때문이었어."

귀여운 작은 생물인 안지아는, 주로 설산에 서식하고 있습니다. 사계절이 분명하게 나타나는 공국 아레살리로 옮겨진 것에 스트 레스를 받는 아이도 많았을 테지요. 스트레스로 스스로 머리를 벽에 부딪치거나, 집에서 도망 나오는 아이도 많았다고 합니다.

 "그다지 공공연하게 알려지지는 않은 사실이지만, 실제로 안지아를 끝까지 기르지 못하고 뒷골목에 버리는 부자도 많았던 모양이야. 귀여운 외모에 반해서 샀는데 갑자기 이상한 행동을 하니까 당황했겠지. 뒷골목에 버리고 입을 꾹 다물어버리면, 도난당한 게 되어서 피해자인 척할 수 있으니까."

 "그리고 버려진 아이들을, 카에나 씨는 보호하고 있었다는 겁니까?"

 사리오 씨는 고개를 끄덕였습니다.

 "보호한 아이들은 전부 나라의 시설에 맡겨졌어. 즉, 도난 사건 같은 건 전혀 관계없었던 거지."

 "……그녀가 갖고 있던 사진이라는 건?"

 "본인이 기르는 안지아 사진을 보고 있었을 뿐이야."

 당시 열일곱 살이었던 그녀는 친구도 없이, 언제나 외톨이였습니다.

 나라에서 안지아가 유행하기 시작했을 무렵에, 그녀도 또한 많은 국민과 마찬가지로 귀여운 그 외모에 반했던 것입니다.

 그래서 매일같이 식사를 줄이고, 멋을 부리는 일도 참고, 돈을 모아서 샀던 것입니다.

 하지만 사람들은 그런 그녀를 전혀 믿지 않았습니다. 시설 사람이 오해라고 목소리를 높이며 호소해도, 누구의 귀에도 닿지 않았습니다.

그리고 슬픈 오해가 정의감을 폭주시키고 말았던 것입니다.

"결국, 장사꾼이 잡히면서 사건은 일단락. 해피 엔딩. 마을에는 평화가 돌아왔습니다. 불쌍한 열일곱 살이 그 후 어떻게 되었는지 같은 건, 아무도 신경 쓰지 않았어."

찰칵, 생각났다는 듯이 눈 위의 안지아를 찍으면서 그녀는 말을 이었습니다.

"신기하지? 그 나라 사람들은 장사꾼 하나가 잡힌 것 정도로, 안지아를 노리는 나쁜 사람이 이 세상에서 사라졌다고 생각해. 그런 희귀하고 돈벌이가 될 만한 생물을 노리지 않을 리가 없는데 말이야."

나라 안에서 절도를 벌이다 잡혔다고 한다면.

"예를 들면 안지아 서식지를 찾아내 남획을 한다, 든가. 확실히 방법은 얼마든지 있겠네요."

"그렇지?"

찰칵하고 그녀는 사진을 찍었습니다.

"그래서 그 나라 놈들에게 보여주려는 거야. 속 시커먼 장사꾼들이 아직 살아남아 있다고 말이야."

"……그게 가짜 사진이라도 상관없는 겁니까?"

"당연히 없지."

어차피 내 고향 놈들은, 진실 같은 건 어찌 되든 상관없을 테니까──라고, 그녀는 답했습니다.

저는 옆에서 사진을 찍는 그녀를 바라보았습니다.

하얀 로브를 입은 마도사 사진가. 머리카락은 갈색으로, 그녀의 이야기 속에 나왔던 카에나 씨와는 대충 봐도 다른 사람입니다만.

"……카에나 씨는 지금 어디에?"

저는 그녀에게 물었습니다.

그녀는 사진을 찍던 손을 멈추고, 이쪽을 보고, "더는 존재하지 않아" 하고 심술궂은 얼굴로 웃으면서 말했습니다.

"그 녀석은 머리카락과 이름을 바꾸고서, 변변치 못한 마법사로서 살아가기로 했으니까."

○

계절이 바뀌어, 초여름.

"우리나라, 공국 아레살리에 오신 것을 환영합니다!"

경례하는 위병님의 목소리가 등 뒤에서 들려왔고, 저는 나라의 거리를 걸었습니다.

치안도 좋고, 친절한 사람뿐인 멋진 나라라고 들었습니다.

이 나라는 타인을 배려하는 국민성이 있는지, 예를 들면 여행자가 길을 헤매고 있으면 당연하게 말을 걸어주고, 게다가 세상 돌아가는 이야기를 하면서 함께 길을 걸어줍니다.

"안녕하세요. 마녀님. 어디서 오셨나요?" "괜찮다면 우리 가게에서 한 잔 어떠세요? 아, 물론 돈은 안 받아요. 후후." "긴 여행에 지치셨죠? 우리 숙소에는 아주 좋은 방이 있답니다."

등등.

"……아, 아뇨, 괜찮습니다."

이렇게까지 정직하게 선의를 베풀어 오면 아무래도 질리는군요. 저는 이 나라에서 오래 머물 마음은 처음부터 없었습니다.

그렇기에 밀려드는 친절한 사람들을 "아뇨 아뇨 괜찮습니다 후후" 하고 거절.

들은 이야기에 따르면 이 나라에서는 친절을 받으면 친절을 갚아야만 한다고 하는 속담이 있다고 합니다. 그렇기에 더더욱 이 나라 사람들에게 무언가를 부탁할 마음은 들지 않았습니다.

"안녕하세요. 마녀님——." "괜찮다면 우리 가게에서——." "긴 여행에 지치셨죠——."

그러나 거절해도 금세 다시 똑같이 말을 걸어주는 것입니다.

"…………."

성가셔…….

선의가 매우 몹시 성가셔…….

"아뇨, 저기, 정말로 괜찮은지라……."

공국 아레살리가 좋은 나라라고 불리는 요인 중에는 이 성가실 정도의 선의도 있을 테지요. 말하길, 이 나라가 상부상조를 권장하는 나라라는 것은 주변 여러 나라에도 잘 알려져 있으며, 서로 돕는 정신을 좋아하지 않는 인간은 애초에 입국조차 하지 않는다고 합니다. 성가시니까요.

즉, 이 나라의 풍습을 좋아하는 사람들만 입국하기 때문에 상대적으로 좋은 나라라고 하는 평가만이 남는 것일 테지요.

그런고로 평판과는 상당히 다른 이 나라의 실정에 기진맥진해진 상태로 저는 걸었습니다.

잠시 큰길을 나아갔을 때, 빵을 파는 노점과 마주쳤습니다.

희미하게 감도는 것은 마음을 진정시키는 좋은 향기. 마치 꽃의 꿀에 이끌린 나비처럼 하느작하느작 제 다리는 노점 쪽으로 향했습니다.

"어라? 아가씨, 여행자구먼? 어서 와!"

통통한 아주머니가 저를 환영해주었습니다.

"빵, 지금 갓 구운 거야!"

자자, 어서 먹어보세요 하고 달콤하게 말을 걸듯이 폭신폭신한 빵들이 가게에는 아름답게 놓여 있었습니다.

그러고 보니 점심이 아직이었군요———.

"그럼 하나 살까요———."

지갑을 꺼내는 제 손에 망설임은 없었습니다. 빵 앞에서 저라는 여행자는 언제나 무력해지고 마는 사람입니다.

가게 주인아주머니는 지갑을 활짝 열 마음으로 가득한 저를 바라보며 말했습니다.

"괜찮아 괜찮아. 공짜야. 가져가!"

공짜……!

"네? 공짜로 받아도 되는 겁니까……?"

"여행자님이 귀여우니까 말이야. 서비스야!"

후후후 하고 웃는 주인아주머니.

서비스입니까? 괜찮은 겁니까? 최고입니까……?

그렇게. 평소의 저라면 이 호의를 간단히 받아들이고, 와아 그럼 잘 먹겠습니다, 하고 빵을 받았을 테지요.

그러나 잊어서는 안 됩니다.

이 나라는 은혜를 입으면 반드시 갚아야만 하는 나라.

공짜로 빵을 받는다는 것은 즉, 무언가를 갚아야만 한다는 뜻이기도 합니다. 제가 좋은 사람이라면, 빵을 받은 답례라며 무언가를 갚는 것에 아무런 저항도 느끼지 않았을 테지요.

그러나 솔직히 말씀드리자면 저는 그럭저럭 비열한 인간입니다.

공짜로 준다면 공짜로 받고 싶습니다.

하지만 돈을 내는 것에는 딱히 아무런 저항도 들지 않습니다.

"아뇨아뇨, 괜찮습니다. 돈 내겠습니다."

"괜찮다니까. 입국 축하 선물이야! 가져가!"

"아뇨아뇨아뇨아뇨. 내겠습니다."

"괜찮다니까!"

"아뇨아뇨아뇨아뇨."

솔직히 말하자면 돈을 내고 관계를 딱 끝내고 싶습니다. 이제 막 들어온 나라에서 만난 노점 분과 고객과 가게 주인이라는 것 이상의 관계가 될 마음은 없습니다.

입씨름이 한동안 이어진 다음, 가게 주인은 "할 수 없네"라며 꺾였고.

"그럼, 이 모금에 돈을 기부해주지 않겠어? 그거라면 어때?"

그리고 상자를 하나, 노점에 놓았습니다.

"…………."

그것은 한 장의 사진이 붙어 있는 모금함.

눈 위에서 장난치는 작은 생물의 사진이었습니다.

"이 녀석은 안지아라고 하는데, 우리나라에서 반려동물로 인기 있는 생물이야."

가게 주인아주머니는 사진에 시선이 고정된 제게 이야기해주었습니다.

말하길, 안지아라는 생물이 이 나라에서 반려동물로 들어오게 된 것은 5년 정도 전의 이야기로, 희소하고 비쌌지만 귀여운 외모 덕에 바로 인기가 생겼다고 합니다.

상인들에게도 금세 그 소문은 퍼졌습니다.

이 나라 사람들이 안지아를 간단히 사버린다는 것을 안 상인들은 안지아를 산에서 남획하게 되었다고 합니다.

상인들은 눈 속으로 도망 다니는 안지아를 무리하게 잡아서, 난폭하게 다루고, 공국 아레살리에 팔았던 것입니다.

눈 위의 우리 속에 갇힌 안지아를 찍은 그 사진은, 그런 불쌍한 안지아의 진짜 모습을 촬영한 것으로 이 나라에서 순식간에 화제가 되었다고 합니다.

물론 나쁜 의미에서.

"이 사진에 우리는 큰 충격을 받았어. 그게 이 사진, 어떻게 봐도 **안지아를 남획하는 밀렵꾼이 찍은 사진이잖아?**"

"…………."

"당연히 사진을 찍어서 돈을 번 사리오라는 마법사는 이 나라에서 쫓겨났지. 이 녀석은 안지아 밀렵에 가담했어."

나쁜 마법사인 사리오에게 비판이 끊이지 않았다고 합니다. 게다가 그녀가 사진을 뿌리고 안지아의 남획에 관한 기사가 나온 결과, 밀렵꾼이 더욱 늘었다고 합니다.

그녀가 문제를 제기한 탓에 안지아의 서식지가 많은 사람에게 알려지고 말았던 것입니다.

아무도 몰랐다면, 밀렵꾼이 살금살금 안지아를 포획했을 뿐이었을 텐데.

그것은 무척이나 슬프고, 통탄스러운 일이었고.

이 나라 사람들은 몹시 분노했습니다.

"그래서 우리는 사리오를 쫓아내고, 보호 활동에 힘 쓰게 된 거야."

아무래도 이 나라 곳곳에서 안지아 보호를 위한 모금 활동이 펼쳐지고 있는 모양입니다. 또한 보호 활동의 일환으로, 이 나라의 마법사가 정기적으로 산에서 밀렵꾼을 적발하는 일도 하고 있다고 했습니다.

이 나라는 안지아를 나쁜 인간에게서 지키고 있는 것입니다.

그러나 이 사실은, 바꿔 말하자면.

"이 사진이 공개된 후로 안지아 보호를 하게 되었다, 라는 식으로도 들리네요."

사리오 씨의 문제 제기가 없었다면, 어쩌면 언제까지고 안지아는 남획되지 않았을까요?

"하하핫. 뭐야? 사리오가 사진을 찍은 덕분에 안지아를 보호하게 된 게 아니냐, 라고 말하고 싶은 거야?"

©Azure

빵 가게 주인아주머니는 크게 웃었습니다.

"그건 아니야. 마녀님. 보호 활동을 하는 마법사가 현지 사람한 테 들었어. 소문으로는, 사리오의 사진이 화제가 되기 전부터 우리나라 사람이 밀렵꾼을 적발하고 다녔대."

"……그런가요?"

"그래."

빵 가게 주인아주머니는 고개를 끄덕이며 말했습니다.

"많은 사람의 주목을 받아서 소란이 벌어졌기 때문에 대대적으로 보호 활동을 하게 되었다는 이야기일 뿐이지."

하고 있는 일은 예나 지금이나 변함이 없어——라고.

○

시간을 거슬러 올라, 늦겨울.

저는 사리오 씨와 설산에서 아주 잠시 시간을 함께하고, 그대로 산을 내려왔습니다.

그녀는 앞으로 한동안 산속에서 촬영을 하고 고향으로 돌아갈 셈이라고 합니다.

"일단 밀매업자와 만나기 위해서 조금 더 버텨볼래"라고 합니다.

사진을 찍었는데 계속해서 버티는 이유를 저는 잘 이해할 수 없었지만, 뭐 사진가 혹은 저널리스트인 사리오 씨 나름의 고집이 있는 것일 테지요.

딱히 돌아보는 일도 없었고, 사람과 만나는 일도 없이, 그렇게 저는 몇 시간 뒤에 산기슭에 있는 마을에 무사히 도착했습니다.

처음 방문한 마을입니다.

정확하게 센 것은 아니지만, 건물은 셀 수 있을 정도밖에 없었고, 문도 없고 사람도 서 있지 않았습니다. 눈도 쌓여 있지 않은, 녹음으로 가득한 평화로운 마을이었습니다.

"오오! 마법사님인가! 환영해!"

빗자루에 탄 채 마을을 방문한 저를 보자마자 마을 사람들은 쌍수를 들고서 환영했습니다.

"자자, 어서 와요! 피곤하죠?" "우리 마을의 명물을 꼭 맛보고 가세요!"

어라라, 참으로 친절하군요.

그것참, 감사합니다. 붙임성 좋게 웃으면서 저는 마을 안을 안내하는 대로 따라 돌아다녔습니다. 어디서 왔나요? 오늘은 꼭 우리 마을의 숙소에서 묵고 가세요. 나중에 숙소로 요리를 가져갈게요──등등, 마을 분들의 친절한 마음이 눈부시고 숨 막힐 정도라서, 이 마을 사람들의 열기가 눈을 녹인 것은 아닐까 하는 착각이 들 정도였습니다.

마을 여기저기에 세워진 목조 집은 오래되었고, 울타리 쳐진 마당 안에서는 작은 어린아이와 안지아가 놀고 있는 모습도 보였습니다.

이 마을에서는 안지아 사육이 유행하고 있는 것일까요──?

혹시 이곳이 사리오 씨가 태어난 고향인 공국 아레살리인가요……? 하고 한순간 생각하기도 했습니다만, 그렇다고 하기에는 너무 가깝습니다. 그녀가 태어난 고향은 분명 훨씬 남쪽으로 한참 가야 하는 곳에 있다고 들었습니다.

"귀엽죠? 우리 마을의 안지아는 사람을 아주 잘 따른답니다!"

저를 안내해주던 마을 사람 하나가 열의를 가득 담아서 말해주었습니다.

"우리 마을에서는 반려동물용 안지아를 키워서 말이죠, 이웃 나라들에 팔고 있어요. 안지아의 고향이라고 하면 바로 이 마을을 가리킬 정도로 유명하죠!"

"호오……."

마을 분들이 말하길, 이 마을에서는 오래전부터 안지아를 키워왔고, 오랫동안 사육되고 길이든 안지아들은 기본적으로 인간을 두려워하는 일이 없다고 합니다.

주변 산에 서식하고 있는 안지아들은, 아마도 오래전 이 마을에서 도망친 아이들이 야생화한 것이 틀림없다고도 말했습니다.

과연, 루트가 마을에서 사육되던 아이라면 인간에 대한 경계심이 적다는 것도 이해가 되는 이야기입니다.

마을 사람들은 거기까지 이야기를 하고서.

"하지만 요즘은 산에 밀매업자가 나오게 되어버려서 말이죠."

이 마을이 현재 갖고 있는 문제도 토로했습니다. 사람을 잘 따르는 안지아가 산에서 잡힌다는 정보가 어디선가 새어 나갔다고 합니다. 어느 나라에선가 고가에 사들여 주기도 해서, 업자는 늘어만 간다나요?

"……과연."

힐끗 마을 구석 쪽으로 시선을 주었습니다. 나무 뒤에 남자가 여럿.

"그래서, 저기 있는 사람들은 뭡니까?" 그들은 밧줄로 묶인 채 축 늘어져 있었습니다.

"그 밀매업자 놈들입니다."

마을 사람에게 있어서는 이미 익숙한 광경인 것일 테지요.

대수롭지 않게 대답해주었습니다.

말하길.

"최근 들어서 산에 머물고 있는 마법사가 밀매업자를 모조리 잡아주고 있답니다."

특이한 마법사는 "촬영에 방해가 되니까"라며 밀매업자를 잡고 다닌다고 합니다.

큰돈을 벌고 싶어서 노이즈 마케팅을 위해 산에 들어갔다느니 하는 말씀을 하셨던 그녀인 것일까요?

정말이지 어이가 없습니다.

"어디가 변변치 못하다는 겁니까?"

역시 비열함과 친절함은 가까이에 있는 모양입니다.

마녀의 여행
THE JOURNEY OF ELAINA 12

여행자로서 여러 나라를 오가다 보면 누군가가 말을 걸어오는 일이 종종 있습니다.

검은 로브에 검은 삼각 모자. 별을 본뜬 브로치. 제 차림은 언제나 대체로 그러했고, 보면 볼수록 마녀다운 차림인 탓인지 모르겠습니다만, 갑작스레 제게 말을 걸어오는 사람 중에는 처음부터 제가 여행하는 마녀라는 사실을 간파했거나 혹은 어느 정도 눈치챈 분이 많습니다.

아무리 자연스럽게 행동해도 외지인은 도드라져 보이는 법입니다.

오늘 저녁 식사를 레스토랑에서 혼자 만끽하고 있을 때 말을 걸어온 분도, 그랬습니다.

"여행하는 마녀가 혼자 마시고 있는 모습은 그림이 되는걸."

그것이 알코올이었다면 더 좋았겠지만. 그렇게, 제 옆 테이블에 앉은 여성은 턱을 괴고서 이쪽을 바라보고 있었습니다. 검은 머리카락이 흔들리고, 검은 눈동자가 이쪽을 살피고 있습니다.

보니 그녀의 얼굴은 살짝 발그레했고, 테이블 한쪽에는 와인잔이 빈 채로 놓여 있었습니다. 술에 취한 모양입니다.

"감사합니다."

가볍게 인사로 답하는 저.

뭐, 주정뱅이와 얽히는 일 같은 건 자주 있습니다.

이상한 여성은 계속해서 제게 이것저것 물었습니다. 고향은 어디인지, 몇 년 정도 여행을 했는지, 다음은 어느 나라로 갈 셈인지. 이 주변에 아름다운 나라는 없는지.

저도 심심했던 터라 그녀의 질문에는 하나하나 정직하게 대답했습니다. 특별한 사정이 없을 때는 정직하게 대답해야 하는 법입니다.

그리고 질문을 받다 보니 이쪽도 그녀에게 흥미가 일었고.

"당신은 어느 나라에서 왔나요?"

저는 그렇게 물었습니다.

"어라? 내가 이 나라 출신이 아니라는 거 눈치챘어?"

"네, 뭐."

아무리 자연스럽게 행동해도, 외지인은 도드라져 보이는 법입니다.

그리고 그녀는 자신에 관해 띄엄띄엄 밝혔습니다.

직업은 사진가이며, 여러 나라를 오가며 사진을 찍고 있다고 합니다. 주로 동물 사진을 찍으며, 드물게 생태계 연구에 공헌하고 있다든가 아니라든가.

오늘 이 나라를 방문한 것은 그저 우연.

"운명이네."

후후후, 하고 그녀는 대담하게 웃음 지으며 저를 곁눈질했습니다.

"괜찮다면 지금 사진 찍게 해줄래?"

"돈 받습니다."

"그건 싫은데."

"그럼 저도 싫습니다."

바로 거절입니다. 단호하게 노를 선언하자 그녀는 "여행자라면 찍게 해줄 거라고 생각했는데"라며 웃을 뿐.

말하길, 이 주변 나라에서는 사진가에 대한 인식이 그다지 좋지 않으며, 그중에는 사진가라는 것만으로도 혐의의 시선을 보내오는 그런 나라도 있다고 합니다.

"공국 아레살리 같은 나라는 특히 심해. 어느 사진가가 일으킨 소동 탓에 사진가라는 직업 그 자체에 대한 인상이 상당히 나빠."

"그런가 보더군요,"

"어라? 알고 있었구나."

"한 달 정도 전에, 한 번 방문한 적이 있는지라."

그것은 사리오라는 한 사진가가 일으킨 소동이었습니다.

그녀는 안지아라는 생물이 남획되는 모습을 찍은 사진을 온 나라에 뿌렸던 것입니다. 나라의 사람들은 그 사진에 큰 충격을 받았다고 합니다.

안지아는 공국 아레살리에서는 반려동물로서 사랑받고 있는 동물이었기 때문에, 난폭하게 다루어지는 모습은 나라 사람들의 기분을 몹시 상하게 했습니다.

그리고 사진이 퍼지자, 나라의 사람들은 어떤 사실을 깨달았습니다.

그 사진은 너무나도 가까이에서 정확하게 찍힌 사진이었던 것입니다.

사리오라는 사진가가 안지아를 밀매하는 업자와 뒤로 연결되어 있는 것은 아닌가 하는 소문은 그렇게 순식간에 퍼졌고, 그리고 국민들이 그녀에게 증오의 시선을 보내는 결과가 되었습니다.

"사진가님은 나라에서 쫓겨난 모양이더군요."

저는 몇 시간 정도만 공국 아레살리에 머물렀기 때문에 자세한 사정은 잘 알기 어렵지만 말이지요.

적어도 소동을 일으킨 사진가님은 이미 그 나라에는 없다고 합니다.

나라 사람들에게 얼굴도 이름도 드러나고, 큰 소동을 일으켰다고 하는 사실까지 퍼져버린 이상, 이전과 똑같이 평화롭게 살아가는 것은 어려울 테지요.

"그녀가 한 일은 옳다고 생각해?"

옆의 사진가는 물었습니다.

동업자인 만큼 신경이 쓰이는 것일까요?

"글쎄요? 뭐라고 말할 수 없네요."

저는 어깨를 으쓱이며 대답했습니다.

"그저, 고향에서 소동을 일으킨 일을 후회하지는 않을 것 같네요."

자신을 변변찮은 사람이라고 칭하는 그런 사람이었으니까요.

"어라? 예의 그 사진가랑 아는 사이야?"

"딱 한 번 만난 적이 있습니다."

"어떤 사람이었어?"

"이상한 사람이었습니다."

사진을 찍을 때만 성격이 바뀌거나, 자신을 변변치 못하다고 평가하면서도 결국은 잘못된 것을 지나치지 못하거나, 그런가 하

면 직접 가짜 사진을 준비해 나라에 소동을 불러일으키거나. 목
적을 위해서는 수단을 가리지 않는 탐욕스러운 사람이었지요.

"그 사진가, 지금 어디 있는지 알아?"

같은 사진가로서 흥미가 있는 것일까요?

제 옆자리의 그녀는 그렇게 물었습니다.

하지만 저는 딱 한 번 만났을 뿐, 그 후로는 그녀와 만난 적이
없습니다. 당연하게도 지금 어디에 있는지도 모르고, 살아 있는
지조차 확실하지 않습니다.

그렇기에.

"글쎄요?"

그렇게 고개를 가로저었고.

"머리 색과 이름을 바꾸고, 평범한 사진가로서 살아가기로 하
지 않았을까요?"

그렇게 대답할 뿐이었습니다.

제 눈앞, 검은 머리카락의 사진가는 "과연"이라며 고개를 끄덕
였습니다. 그리고 서로 특별할 것 없는 대화를 나누다 문득 저는
생각했습니다.

그러고 보니 저도 그녀도 아직 한 번도 자신의 이름을 밝히지
않았군요.

"그러고 보니 자기소개를 아직 안 했네──."

분명 그녀도 역시 저와 같은 생각을 했던 것일 테지요.

옅은 웃음을 짓더니.

"내 이름은 카에나."

잘 부탁해——라고, 그녀는 이쪽으로 손을 뻗었습니다.

카에나 씨.

만나는 건 처음이로군요.

그래서 저는 그녀의 손을 잡고, 답했습니다.

"처음 뵙겠습니다."

후기

후기를 시작하기 전에 먼저 드라마 CD 제2탄 때의 이야기부터.

제2탄의 수록은 도내 모처에서 이루어졌기 때문에 나와 편집 자님과 아즈루 선생님까지, 세 사람은 수록 전에 가까운 역에서 집합해 현장으로 가기로 했다.

편집자님과 성격 급한 나는 집합 시간보다 조금 일찍 역에 도착했다. 약속 시간까지 할 것도 없고, 시간이 남아돌았기 때문에 나는 역에 도착한 사람들을 멍하니 바라보며 아즈루 선생님을 기다렸다.

그러던 때였다.

'나랑 같은 신발을 신은 사람이 있어……!'

역의 계단을 내려오는 사람 중에서 나와 똑같은 신발을 신은 사람을 발견했다.

셀 수 없을 만큼 많은 사람이 오가는 이른 아침의 도내 역이다. 하늘의 별만큼 다양한 신발 중에 같은 신발을 산 사람은 당연히 있을 테지만, 과연 완벽하게 똑같은 것을 신고서 같은 시간, 같은 역에서 마주하게 될 확률은 어느 정도일까? 그래서 나는 운명을 느끼고, 동시에 동료 의식을 가졌다. 심지어 그 자리에서 달려가 귓가에 "후후후, 그 신발, 좋죠……? 어디서 사셨나요? 저는 근처 가게에서——"라고 속삭이며 신발 토크를 시작하고 싶을 정도였다. 딱히 그다지 신발을 좋아하는 것은 아니지만, 그러고 싶은 마음이었다.

과연 대체 어떤 사람이 신고 있는 것일까?

나는 내 안에서 제멋대로 싹트고 커진 동료 의식을 가슴에 품고, 발끝에서 그 남성의 얼굴 쪽으로 시선을 들었다.

"…………."

아즈루 선생님이었다.

동료 의식이 싹트기는커녕 평범하게 함께 일하는 동료였다…….

시라이시 깜짝 놀랐지 뭐야…….

그런고로 제2회 수록은 커플 신발로 임했다. 다행히 스태프분들과 성우분들에게는 들키지 않았다. 어쩌면 눈치채고도 굳이 언급하지 않았던 것뿐인지도 모르지만.

참고로 수록 후에 가진 담당 편집자, 나, 아즈루 선생님의 뒤풀이 자리에서 나와 아즈루 선생님의 신발이 똑같은 탓에 끝나고 돌아갈 때 어느 쪽이 누구 신발인지 알 수 없다고 하는 수수께끼의 사건도 발생했다. 취하지도 않은 주제에 아즈루 선생님의 신발을 신고 그대로 돌아갈 뻔했던 것도 함께 기록해두기로 하겠다.

이상, 드라마 CD 제2탄 때 일어났던 일을 바탕으로 하여 제3탄 이야기를 하고자 한다.

나는 일상용 신발은 두 켤레로 꾸려나가고 있으며, 한 켤레는 아즈루 씨와 기적적으로 겹쳤던 신발. 그리고 또 한 켤레가 스웨이드 생지 스니커즈(검정)다. 아즈루 씨와 매번 커플인 것은 아무래도 죄송스럽다고 생각해 제2탄 이후에는 스니커즈 쪽을 신고 있는데, 실은 스니커즈 쪽도 출판사 분과 겹친다는 것이 최근 발각되어 이제 더는 도망칠 곳이 없다는 사실이 밝혀졌기 때문에, 나는 아즈루 선생님과 겹치는 신발을 굳이 신고서 제3탄 수록에 참가하기로 했다. 겹치는 게 신경 쓰인다면 다른 신발을 사면 되잖아? 라는 이야기가 되겠지만 사는 걸 잊어버렸다고요.

그리하여 제3탄 수록 당일.

제3탄 수록은 그대로 현장으로 직행이라 미리 먼저 만나거나 하지 않았다. 늘 그렇듯 성격 급한 나는 근처 찻집에서 두 시간 정도 안절부절못하다가 현장으로 들어갔다.

코트를 벗고, 앉고, 한숨 돌리고.

신발이 겹치는 것쯤은 딱히 신경 쓸 일도 아니야. 그저 왠지 모르게 조금 쑥스러울 뿐이야. 뭐 겹쳐도 할 수 없지. 멍하니 그런 생각을 하며 기다리기를 몇 분.

아즈루 선생님이 현장 입장.

나는 자리에서 일어나 코트를 벗는 아즈루 선생님에게 인사를 하고.

"안녕하세요."

시치미를 뗀 얼굴로 발을 확인한다.

그날 아즈루 선생님의 신발은 제2탄 때 신고 왔던 것과는 다른 신발이었다.

신발을 바꿔 회피한 것이다. 그렇다면 수록 후의 회식 자리에서 어느 신발이 누구 것인지 알 수 없게 되는 그런 사안이 발생하는 일은 없으리라.

안도하며, 그리고 나는 고개를 들었다.

그나저나 다른 이야기인데, 그날 내 복장은 매우 몹시 단순했다. 그리고 그날 아즈루 선생님의 복장도 역시, 단순하고 단정했다.

"…………."

요약하자면 나와 아즈루 선생님은 그날 커플룩이었다.

아니, 제2탄 때는 신발이 겹쳤으니까 이번에는 또 다른 게 겹치거나 하는 거 아니야 하하하 같은 생각을 하면서 제3탄 녹음에 임하기는 했지만, 설마 신발 이외의 모든 부분에서 겹치리라고는 꿈에도 생각하지 못했다.

아무래도 거의 모든 부분에서 같은 차림을 한 사람 둘이 나란히 서 있으면 들키는 것은 필연이다. 당연하게도 우리 두 사람의 복장에 관해서는 "어쩐지 커플룩 같은 차림이네요……?"라며 조심스럽게 다루어졌다. 아니 우연입니다. 정말로.

그런고로 제3탄 수록 때는 똑같은 차림의 두 사람이 나란히 인사를 한다고 하는 이상한 광경이 펼쳐졌던 것이다. 이제 그런 상황에서는 어떤 인사를 해도 영 모양이 나지 않는다. 아무리 그럴 듯한 말로 꾸미며 멋진 척을 해본들 정작 본인을 꾸민 옷이 파트너와 완전히 똑같은 것이다. 멋지다기보다는 재미있다는 쪽이 훨씬 우세할 것이 당연했다. 심지어 인사는 적당히 해두고 그대로 둘이서 만담이라도 선보이는 편이 훨씬 자연스러울 정도였다.

아무튼 제3탄 수록은 그런 느낌으로 완벽하게 똑같은 차림을 한 이상한 현상을 마주하면서 시작했습니다만, 가장 중요한 수록 상황에 관해 이야기하자면, 정말로 즐거웠습니다.

최근 들어서는 너무나도 바빠서 시간이 없었고, 좀처럼 한숨

돌릴 여유라는 것이 없었습니다. 깨닫고 보니 그런 일상이 되어 있었습니다. 그러나 그런 중에도 『마녀의 여행』 캐릭터들에게 숨을 불어넣는 드라마 CD 수록 현장에 함께할 수 있었던 것은 정말로 행복한 일이었습니다. 캐릭터들의 새로운 일면과 마주할 수 있는 멋진 기회였다고 생각합니다.

제1탄 때는 극도로 긴장한 탓에 성우분들과 눈이 마주친 순간 그대로 죽을 것만 같았을 정도였습니다만, 최근에는 훨씬 익숙해졌습니다. 5킬로미터 정도의 거리에서라면 눈이 마주쳐도 괜찮습니다.

그런고로 드라마 CD 제3탄 이야기였습니다.

드라마 CD는 각 이야기마다 10여 분 정도가 딱 적당하지 않을까, 개인적으로는 그렇게 생각합니다. 『마녀의 여행』은 본래 단편이고, 하나의 CD 속에 여러 이야기가 있는 편이 『마녀의 여행』답지 않을까 하고 생각합니다(여러 캐릭터가 주고받는 대화를 쓰고 싶기 때문이라는 이유도 있습니다만).

사실 제3탄은 지금까지 중에서 대사량이 가장 많아서, "이거, 분량 괜찮으려나……" 하고 생각하면서도 "하지만 더는 줄일 부분이 없어……"라며 절망했습니다. 하지만 잘 담겨서 다행이었습니다. 제4탄 드라마 CD 기획도 이미 정해져 있으니, 다음에는 무리가 없는 분량이 될 수 있도록 노력하려 합니다…….

그리고 다음 수록 때는 누구와 무엇이 겹칠지 전전긍긍하면서 옷과 신발을 고르겠습니다.

여담입니다만, 최근 세 켤레째 신발로 VANS의 올드스쿨을 샀습니다. 흔한 신발이라면 겹쳐도 "뭐, 많이들 신는 거잖아? 겹쳐도 어쩔 수 없지! 없지?!"라며 도망칠 수 있지 않을까 생각하고 있습니다.

이렇게 근황 이야기를 마쳤으니, 『마녀의 여행』 12권의 각 화 코멘트를 시작하려고 합니다.

각 화 코멘트에는 스포일러가 잔뜩 포함되어 있습니다. 아직 읽지 않으신 분은 넘겨주세요!

● 제1장 『어느 여행자의 이야기』

프롤로그 같은 이야기입니다.

『마녀의 여행』 애니메이션화가 정해지고, 어쩌면 혹시 최신간부터 보기 시작하는 분이 있지 않을까? 하는 이야기를 편집자님과 나누고, 『마녀의 여행』이 어떤 이야기인지, 주인공 일레이나 씨는 어떤 사람인지, 같은 것을 대략적으로 이야기하는 내용이 되었습니다. 이야기가 쭉 이어지지 않는 점은 연작 단편의 좋은 점이지요.

● 제2장 『형편 좋은 종족』

유전자는 자신의 카피를 더욱 많이 남기기 위해 진화해간다고 하는 말이 있습니다.

숙주의 몸과 머릿속에 달라붙어 조종하는 생물과 바이러스를 기생체라고 부른다고 합니다만, 그 기생체 중에는 숙주를 죽음에 이르게 하는 것이 많습니다. 선충류는 숙주인 여치를 입수 자살시키고, 톡소플라스마에 기생당한 쥐는 고양이의 오줌 냄새를 무서워하지 않게 되어 쉽게 발견되고 결국 잡아먹히고 만다고 합니다. 그 외에도 다양한 종류가 있습니다만, 대체로 이런 느낌의 습성을 가진 것이 많다고 생각합니다. 기생체는 자살과 포식 같은 방법으로 숙주를 죽음에 이르게 하여 번식을 하는 것이라고 합니다. 예를 들면 앞서 이야기한 톡소플라스마는 고양이의 내장에서 증식하고 배설물에 섞여 종을 늘린다고 하는 것처럼 말이지요. 동물의 교미와 식물의 수분이 기생체에는 숙주의 살해라는 이야기지요. 그런고로 『마녀의 여행』에 나오는 다크 엘프에게 인간이라는 종족은 실로 형편 좋은 종족일 테지요. 그런 이야기였습니다. 솔직히 이 이야기는 쭉 쓰고 싶어서 몸부림쳤던 것인지라, 드디어 겨우 실현할 수 있게 되어 안심했습니다.

●제3장 『세 나라의 이야기: 가격의 이유』

드물게 할인 매장에 가는 일이 있습니다만, 가끔 상품 콘셉트가 너무 독특해서 팔리지 않았던 음료가 파격적인 가격으로 진열되어 있는 경우가 있습니다. 저는 의외로 그런 독특한 음료를 좋아해서 삽니다만, 마셔보면 맛이 없습니다. 편의점에서 정상 가격으로 샀을 때는 조금 더 맛있었을 터인데, 마법이 풀린 것처럼 맛이 없습니다. 이건 혹시 편의점에서 샀을 때도 맛이 없었는데, 정상 가격으로 샀으니 맛있을 게 틀림없다고 의심하지 않았기 때문이 아닐까요? 참고로 이런 현상을 인지 편향이라고 한다더군요.

●제4장 『퇴마사와 악마』

거짓말이라는 걸 알아도 즐길 수 있는 관용의 마음이 있다면 인생은 훨씬 즐거워질 거라고 저는 생각합니다. 다른 이야기입니다만, 요즘에는 기술이 발전한 탓에 가짜라는 사실을 간단히 들키게 되어서 잘 볼 수 없지만, 예전에는 심령 혹은 공포 특별 프로그램이 자주 방송되었습니다. 제가 중학생이 되었을 무렵에는 악마 퇴치 방송을 했었습니다. 의자에 묶인 피해자를 향해 신부가 "이름을 대라!"라고 명령하면 괴로워하는 목소리와 함께 "루, 루시퍼……" 하고 이름을 댔습니다. 루시퍼는 그 후, 신부에 의해 평범하게 퇴치되었습니다. 세상에…… 거짓말에도 정도라는 게 있는 법입니다…….

●제5장 『세 나라의 이야기: 남이 추천하는 거라서』

남의 떡이 더 커 보인다는 말은 일부러 할 것도 없습니다만, 이 이야기는 요컨대 그러한 이야기입니다. 아주 아주 오랜만에 미나가 등장하게 되었습니다. 실은 5권 이후에 등장시킬 기회를 줄곧 찾고 있었습니다만, 좀처럼 내놓을 수가 없어 일곱 권째 만에 등장했습니다.

●제6장 『웃지 않는 루틸』

웃지 않는 여자아이를 웃게 할 뿐인 이야기입니다. 그 이상도 그 이하도 아닌 정말로 그뿐인 이야기였습니다. 개인적으로는 마무리 부분이 마음에 듭니다. 게스트 캐릭터로 제대로 말하지 않는 캐릭터를 쓴 것은 처음인 듯한 기분이 드는군요……. (쿠치나시 씨 같은 문자로 이야기하는 계열의 캐릭터를 제외하고)

●제7장 『세 나라의 이야기: 가치 있는 물건 이야기』

요소요소에서 등장하는 빗자루 씨.

다른 이야기입니다만, 매우 비싸면서도 의학적 근거가 전혀 없는 암 치료라는 것이 세상에는 있다고 합니다만, 신기하게도 이런 치료법을 찾는 사람은 아주 많다고 합니다. 세 나라의 이야기 중 『가격의 이유』에서도 가볍게 다루었습니다만, 가격이 높으면 신기하게도 마법에 걸린 것처럼 효과가 있는 것처럼 느끼고 마는지도 모릅니다. 실제로는 가격이 저렴한 정식 치료법이라는 것은 널리 많은 사람을 구하기 위해 연구자분들이 밤낮으로 노력한 성과입니다. 효과가 크지 않아서 싼 것이 아닙니다, 라고 전에 읽은 기사에 쓰여 있었습니다. 오호라 하고 생각했습니다.

세 나라의 이야기는 대체로 그러한 가격 변화를 소재로 한 이야기이며, 세 이야기 중 첫 장이 되었습니다. 참고로 나라 이름이 ABC(가칭)가 된 것은 알아보기 쉽도록 하는 점을 중시했기 때문입니다. 나라 이름을 붙여도 괜찮았을 테지만 이야기의 관련성을 알기 어려워질 것 같았던지라.

● 제8장 『변변치 못한 사리오』

악인은 한쪽에서 보면 악인이고, 그러나 다른 한쪽에서 보면 좋은 사람이 된다고 생각합니다. 그러한 이야기는 여러 번 해왔던 것 같습니다. 마음속부터 사악하게 물들어버린 인간이라는 것과 만난 적이 없습니다. 보는 방향 하나로 세상도 사람도 얼마든지 나빠지고 좋아지기도 하니, 모든 것을 싫다고 여기는 것은 좋지 않다고 봅니다. 하지만 그런 것 다 알고 있어도, 싫다고 싫다고 생각하게 되고 마는 날도 있습니다. 사람인걸요. 그럴 때는 멀리 나가서 현실 회피를 하면 아주 조금은 마음이 편해지니, 추천합니다.

●제9장『어느 사진가의 이야기』

사리오 이야기의 에필로그입니다. 사실은 8장 안에서 완결시키고 싶었습니다만, 아무리 해도 8장이 시계열을 이리저리 오가는 이야기였던지라, 어쩔 수 없이 에필로그까지 멀리 오게 되고 말았습니다.

그런고로『마녀의 여행』12권이었습니다.

이번에는 후기로 열 페이지나 받은지라, 요즘 이야기하지 못했던 이런저런 것들을 마구 집어넣었습니다. 또 언젠가 후기로 많은 페이지를 받는다면 끝없이 중얼중얼 실없는 이야기를 하면서 페이지가 허락하는 한 각 화 코멘트를 집어넣고 싶다고 생각하고 있으니, 앞으로도 잘 부탁드립니다.

그리고 앞으로 애니메이션판『마녀의 여행』에 관해서 차츰 정보를 공개해나가게 되리라고 생각합니다. 앞으로도 수시로 정보 체크를 부탁드립니다! 공식 트위터도 있습니다!

그런고로 슬슬 감사와 사죄를 하려고 합니다.

담당 편집자 M님.

언제나 감사드립니다. 다음에야말로 일찌감치 원고를 마감하고 싶다고 언제나 생각하고 있습니다…….

아즈루 선생님.

언제나 귀여운 일러스트 고맙습니다. 특별판 표지가 특히 최고였습니다(전부 최고였지만!). 앞으로 수록 때 입고 갈 옷은 사전에 고지하겠습니다…….

나나오 이츠키 선생님.

멋진 코미컬라이즈 언제나 감사드립니다. 코미컬라이즈 속 일레이나 씨의 다양한 표정을 볼 수 있는 것은 정말로 행복한 일입니다.

드라마 CD에 관여해주신 스태프 여러분.

고맙습니다. 현장에서 처음 만났을 때 각본을 재미있다고 해주셔서 정말로 기뻤습니다. 제4탄에서도 부디 잘 부탁드립니다.

드라마 CD에 관여해주신 성우 여러분.

일레이나와 프랑 선생님의 대화도, 암네시아와 아빌리아 자매가 주고받는 말도, 사야와 실라 선생님이 하는 조사도, 프랑 선생님의 내레이션도 전부 몇 번을 들어도 재미있었습니다. 이런 대단한 분들께서 연기해주시다니, 저는 행복한 사람이라고 언제나 생각하며 수록을 듣고 있습니다. 제4탄에서도 잘 부탁드립니다.

애니메이션에 관여해주시는 스태프 여러분.

좀처럼 만날 기회가 없어 죄송합니다. 아름다운 미술 설정과 캐릭터 설정 등, 원작에서도 아직 그림이 그려지지 않았던 부분이 색을 띠어갈 때마다 감동하고 있습니다. 고맙습니다.

그런고로 『마녀의 여행』은 아직 계속되오니, 앞으로도 변함없이 응원해주신다면 감사하겠습니다.

애니메이션 쪽도 기대되네요.

그럼 다음은 13권에서 만나 뵙겠습니다! 그럼 이만.

MAJO NO TABITABI 12

Copyright ⓒ 2020 by Jougi Shiraishi
Illustrations Copyright ⓒ 2020 by Azure

All rights reserved
Original Japanese edition published in 2020 by SB Creative Corp.
Korean translation rights arranged with SB Creative Corp., Tokyo
through Eric Yang Agency Co., Seoul.
Korean translation rights ⓒ 2022 by Somy Media, Inc.

[마녀의 여행 12]

2022년 7월 14일 1판 1쇄 발행

저　　　자 시라이시 죠우기
일 러 스 트 아즈루
옮 긴 이 이신
발 행 인 유재옥
본 부 장 조병권
담당편집 정영길
편 집 1 팀 김준균 김혜연 박소연
편 집 2 팀 정영길 조찬희 박치우 정지원
편 집 3 팀 오준영 곽혜민 이해빈
미　　　술 김보라 박민솔
라이츠담당 한주원 이승희
디 지 털 박상섭 최서윤 김지연
발 행 처 ㈜소미미디어
인쇄제작처 코리아피앤피
등　　　록 제2015-000008호
주　　　소 서울 마포구 토정로 222, 403호(신수동, 한국출판콘텐츠센터)
판　　　매 ㈜소미미디어
마 케 팅 한민지 최정연
물　　　류 허석용
전　　　화 편집부 (070)4164-3962, 3963 기획실 (02)567-3388
　　　　　　　판매 및 마케팅 (070)4165-6888, Fax (02)322-7665

ISBN 979-11-384-1199-8
ISBN 979-11-5710-752-0 (세트)